# LE BÂTARD DE NAZARETH

## DU MÊME AUTEUR

MON CHER JEAN… DE LA CIGALE À LA FRACTURE SOCIALE, essai, Zoé, 1997.

LE MYSTÈRE MACHIAVEL, essai, Zoé, 1999.

NIETZSCHE OU L'INSAISISSABLE CONSOLATION, essai, Zoé, 2000.

LA CHAMBRE DE VINCENT, récit, Zoé, 2002.

VICTORIA-HALL, roman (prix du Premier Roman de Sablet), Pauvert, 2004 ; Babel n° 726.

DERNIÈRE LETTRE À THÉO, roman, Actes Sud, 2005.

L'IMPRÉVISIBLE, roman (prix des Auditeurs de la Radio suisse romande ; prix des lecteurs FNAC Côte d'Azur), Actes Sud, 2006 ; Babel n° 910.

LA PENSION MARGUERITE, roman (prix Lipp), Actes Sud, 2006 ; Babel n° 823.

LA FILLE DES LOUGANIS, roman (prix Version Femina Virgin Megastore ; prix de l'Office central des bibliothèques), Actes Sud, 2007 ; Babel n° 967.

LOIN DES BRAS, roman, Actes Sud, 2009 ; Babel n° 1068.

LE TURQUETTO, roman (prix Jean Giono, prix Page des Libraires, prix Alberto Benveniste, prix Casanova, prix Culture et Bibliothèques pour tous, prix Richelieu de la Francophonie), Actes Sud/Leméac, 2011 ; Babel n° 1184.

PRINCE D'ORCHESTRE, roman, Actes Sud/Leméac, 2012 ; Babel n° 1253.

*(Suite en fin d'ouvrage)*

METIN ARDITI

# LE BÂTARD DE NAZARETH

*roman*

BERNARD GRASSET
PARIS

Jaquette : *La capture du Christ.*
Peinture attribuée à Gérard Seghers (1591-1651).
Académie royale des beaux-arts de San Fernando.
Madrid. Espagne. © AKG images

ISBN 978-2-246-83435-9

*À Victoria Saporta,*
*ma fille de cœur,*

*et à Spiro Valata,*
*mon fils de cœur.*

Car la suave enfance monte la première des profondeurs de toute agonie.

Georges Bernanos

*À Nazareth,*

*vers l'an cinq*

# *Mamzer*

— On ajoute deux pas, dit l'enfant.

Samuel le regarda sans plaisir compter deux pas à partir de la ligne qu'ils avaient tracée sur la terre battue. De toute façon, quand ils jouaient à caillou-touché, c'était toujours l'autre qui gagnait. De peu ou de beaucoup, c'était lui. En augmentant la distance au mur, ils en seraient à huit pas. Déjà que l'autre était plus habile... En plus, il le troublait, avec ses phrases qui n'en finissaient pas...

Le problème, c'était qu'aucun des autres enfants du quartier n'avait la permission de jouer avec lui. « On ne peut pas laisser ce pauvre garçon toujours seul... » répétait sa mère. Il en connaissait la raison... Mais il ne voyait pas pourquoi c'était à lui seul de subir. En plus, les autres ne se gênaient pas pour le moquer : « Alors ? Il t'a bien battu, le *mamzer* ? Tu es content ? »

Le jeu consistait à lancer un caillou plat de façon à ce qu'il atterrisse aussi près que possible d'un mur sans le toucher, auquel cas le point était perdu. Celui dont le caillou tombait le plus près du mur remportait le point.

L'enfant observa Samuel. Il l'aimait bien, Samuel. Ils s'entendaient bien. Chaque fois qu'il lui demandait de jouer avec lui, Samuel acceptait. Mais pourquoi est-ce que lui, Samuel, ne le lui demandait jamais ? Et pourquoi aucun autre garçon du village ne jouait-il avec eux à caillou-touché ?

— Vas-y, fit l'enfant.

Samuel lança son caillou en y mettant trop de force. La pierre rebondit sur le mur.

— Tu perds le point, dit l'enfant. Un à zéro. Jette à nouveau.

Soucieux de ne pas répéter son erreur, le garçon lança le caillou qui atterrit à trois pas du mur.

— À moi, dit l'enfant.

Il força son tir, de manière à toucher le mur. Il fallait bien que Samuel emporte un point de temps à autre. À défaut, il cesserait de jouer avec lui et il se retrouverait bien seul.

Il l'avait demandé cent fois à son père : pourquoi les autres enfants ne voulaient-ils pas jouer avec lui ? Parce qu'ils venaient de familles savantes, lui répondait son père, alors qu'eux-mêmes ne lisaient pas les Textes.

Mais il n'y avait pas que des savants à Nazareth... Et pourquoi les femmes du village évitaient-elles de saluer sa mère ? Elles s'arrêtaient bien lorsqu'elles croisaient la mère de Samuel. Elle non plus n'était pas l'épouse d'un homme qui connaissait les Textes... « Nous sommes très heureux tels que nous sommes », répétait son père.

Malgré tout, l'explication lui semblait bizarre. La Torah ne disait-elle pas qu'il fallait aimer son prochain comme soi-même ? Son père ajoutait : « Tous tes prochains. Quels qu'ils soient », et chaque fois son regard se perdait, comme si soudain il pensait à autre chose.

Au fond, son problème, c'était ses parents. Ils ne ressemblaient pas aux autres parents. Son père était très vieux et sa mère semblait craindre de quitter la maison, même d'un pas. Tous deux l'aimaient beaucoup. Mais il sentait qu'on lui cachait quelque chose.

Mais pour l'heure, l'important était de terminer la partie sans blesser Samuel :

— On continue. Un partout. À toi de lancer.

Samuel resta coi, l'œil mauvais.

— Vas-y ! insista l'enfant. Ce sera bientôt fini.

Samuel ne bougea pas. Il en avait plus qu'assez de son rôle de faire-valoir. Et surtout que les autres se moquent de lui. Il ne voulait plus jouer. Ni en cette fin d'après-midi, ni le lendemain, ni jamais.

— Je rentre chez moi.

— On finit la partie ! insista l'enfant.

Samuel lui tourna le dos. L'enfant tenta de le faire pivoter, mais Samuel se dégagea et, d'un geste du bras, le heurta si brusquement qu'il le laissa pantois.

Sentant que pour une fois il avait l'avantage, Samuel prit courage :

— Tu sais pourquoi les autres ne veulent pas jouer avec toi ? Parce que tu es un *mamzer* !

Il se mit à hurler.

— *Mamzer ! Mamzer ! Mamzer !*

Incrédule d'avoir osé dire ce mot, terrifié aussi d'avoir trahi la promesse faite à sa mère de ne jamais le prononcer devant l'enfant, il prit ses jambes à son cou.

Qu'est-ce que *mamzer* pouvait bien vouloir dire ? se demanda l'enfant. Pour sûr, c'était une insulte… Sinon Samuel ne l'aurait pas dit de cette façon… Était-ce parce qu'il était *mamzer* que les femmes du village ignoraient sa mère, lorsqu'elles la croisaient dans la rue ? La seule exception était la maman de Samuel, qui venait parfois lui rendre visite. Cela dit, elle aussi était bizarre… Toujours pressée, parlant à voix basse, comme pour se cacher…

Avant de rentrer, il alla embrasser Abraham, l'âne avec lequel son père faisait ses livraisons. Il le trouva derrière l'atelier. Attaché à une longue corde, il avait quitté son abri.

L'enfant avait une idée très protocolaire des rapports qu'il convenait d'entretenir avec Abraham. Son père lui donnait du travail, sa mère le nourrissait, et lui était chargé de le caresser. Chaque jour, trois à quatre fois, il se rendait derrière l'atelier et s'acquittait de sa tâche.

À la vue de l'enfant, l'âne s'approcha de lui et posa le museau sur son épaule. L'enfant lui entoura l'encolure de ses bras, l'embrassa plusieurs fois et recula d'un pas :

— Que veut dire *mamzer* ?

Les yeux dans ceux d'Abraham, il attendit une réponse.

— Tu crois que je suis un *mamzer* ?

Abraham le regardait, de sa douceur patiente.

Il me comprend, se dit l'enfant. Je suis sûr qu'il me comprend. Dommage qu'il ne puisse pas parler, car il connaît certainement la réponse.

Il resta de longues secondes accroché aux yeux de l'âne, puis s'approcha de lui, et Abraham posa à nouveau son museau sur son épaule.

— Je dois savoir, tu comprends, lui glissa l'enfant à l'oreille. Je dois absolument savoir.

Il se détacha de la bête et rentra chez lui.

## *Tendresse*

Le repas était celui de tous les soirs, une assiette de grains de blé rôtis et broyés mêlés à des oignons et accompagnés de galettes de froment.

— Samuel m'a appelé *mamzer*, dit soudain l'enfant.

La question serra le cœur de Joseph. Mais elle ne le surprit pas.

Il se souvint.

Six ans plus tôt, Joachim, le père de Marie, lui avait proposé de prendre sa fille pour épouse. De l'avis de tous, Marie était la plus belle enfant de Nazareth. À la façon qu'elle avait de poser le regard, les yeux en attente, on comprenait qu'il n'existait pas cœur plus tendre. De taille haute et de traits délicats, elle avait une grâce naturelle. Le Bon Dieu l'avait voulue pauvre en esprit mais, dans son immense bonté, il l'avait dotée de mille qualités. Toujours attentive, elle faisait au mieux chaque tâche qui lui incombait.

Sa mère lui avait appris à pétrir le pain, à le cuire au feu de bois, à cuisiner quelques plats simples et même à préparer des confitures, une en particulier, faite de gros morceaux d'orange enrobés de miel de caroubier, que Marie réussissait presque toujours.

Joseph avait eu pour épouse Rebecca, qui lui avait donné trois fils. Mais Rebecca était morte, ses fils avaient quitté la maison, et il avait accepté l'offre de Joachim. La jeune femme adoucirait ses années de vieillesse et il la protégerait avec bienveillance.

Six mois après que Marie et lui se furent fiancés – c'était, comme le voulait l'usage, pour une période d'une année, le temps de préparer le trousseau –, Joachim lui annonça un malheur. Marie était enceinte de trois mois. Un jour qu'elle se promenait en direction des vignes de Jacob, un soldat romain du nom de Pantera l'avait abordée. Chargé de veiller au bon ordre du village, il avait remarqué Marie, pour sa grande beauté et sa gentillesse. Il la savait aussi pauvre en esprit. Ne désirait-elle pas changer de condition ? « Ainsi m'a voulue le Seigneur, ainsi je suis », lui avait répondu Marie. Le Romain avait sorti une fiole de vin doux comme du sirop. « Je l'ai reçue d'un grand prophète », dit-il à Marie. Il lui suffirait de boire le contenu de la fiole pour rendre ses proches fous de bonheur. Ses parents ne seraient-ils pas fiers de la voir pétillante d'intelligence ? Et son futur mari, ne serait-il pas, lui aussi, content d'avoir une épouse richement dotée en esprit ? « Bois ce nectar et l'esprit te viendra. » La jeune fille avait bu la fiole, s'était assoupie, et le voyou en avait profité pour abuser d'elle.

Joachim partit à la recherche de ce Pantera dans l'idée de le tuer. Entre-temps, le soldat avait quitté Nazareth.

Joseph savait à quoi s'attendre. Dans un mois, deux au plus, Marie ne pourrait plus cacher sa grossesse. Il n'y avait pas eu de noces, et chacun au village saurait qu'elle attendait un *mamzer*. Un bâtard. Elle serait mise au ban de la société. Ses voisines la regarderaient de haut. Plusieurs d'entre elles ne lui adresseraient pas la parole. En la croisant dans la rue, elles regarderaient ailleurs. Les enfants bâtards étaient considérés par la Loi comme impurs. Garçon ou fille, ils ne pourraient épouser qu'une personne de leur condition. Quant aux enfants issus d'un tel mariage, ils seraient *mamzer* jusqu'à la dixième génération.

Joseph savait aussi que selon la Loi, il avait le droit de répudier Marie ou de la faire lapider.

— Il y a six mois, tu m'as honoré en me proposant ta fille, avait-il dit à Joachim. Je me souviens de son regard, d'une bonté profonde. Quoi qu'il lui soit arrivé, je crois en sa pureté. Viens demain avec elle. Et appelle Rabbi Ézéchiel, qu'il nous unisse.

Ils s'éloigneraient, allant peut-être jusqu'à Bethléem, si Marie arrivait à supporter le voyage. Il était important que la grossesse et l'accouchement se déroulent dans la sérénité. Lorsque l'enfant aurait atteint l'âge de six mois, ils reviendraient à Nazareth. Il était trop vieux pour procréer. Et il n'y avait pas eu de noces… Sans doute aussi que le Romain s'en serait vanté, au village, il connaissait tout le monde. Les gens sauraient ce qui s'était passé, bien sûr. Il s'en accommoderait. Sa vie était à Nazareth.

Joseph savait qu'un jour, son fils apprendrait la vérité. Sa mère était une *sota*, une femme adultère, d'un rang aussi bas qu'une prostituée. Et l'enfant, un impur qui serait mis au ban de sa communauté.

Que répondre ? Lui annoncer, déjà, que sa vie serait faite d'humiliations ? Non. L'heure de lui causer un tel chagrin n'était pas venue.

— C'est une injure qu'on lance lorsque l'on est fâché avec quelqu'un, répondit Joseph. N'y prête pas attention.

— Mais que signifie-t-elle ? insista Jésus, s'adressant à sa mère.

Elle lui caressa la joue et sourit tristement. Il savait bien qu'elle n'était pas de taille à se mêler à de telles discussions.

— C'est une personne dont les parents ne sont pas mariés, dit Joseph. Cela ne te concerne pas.

Comme chaque fois qu'il était pris d'angoisse, Jésus s'étendit sur le flanc et posa la tête sur les genoux de sa mère.

Elle se mit à jouer avec ses boucles. Quelle chance d'avoir un enfant si extraordinaire. Si doux… Dès qu'il la sentait soucieuse, il venait se coller à elle. Et ce regard… Inquiet, interrogateur… Tendre, surtout, si tendre… Comme s'il cherchait à la consoler. Oui, on aurait dit qu'il comprenait tout.

Il lui semblait incroyable d'avoir un enfant d'une telle intelligence. Elle était tout simplement effarante. Et ce n'était pas seulement son avis, car qui était-elle pour juger, elle, pauvre en esprit ? C'était l'avis de Joseph ! Et même de Sarah, la maman de Samuel. Il n'avait pas deux ans que déjà il parlait ! Et de quelle façon il tenait tête à son père ! Il était turbulent, c'est vrai… Parfois même très turbulent ! Et l'instant d'après, d'une immense tendresse… Père et fils s'aimaient infiniment, elle le constatait chaque jour.

Elle regarda son mari. Quelle chance elle avait eue, aussi, d'avoir été acceptée par un homme si bon. Et que cet homme ait tant aimé ce fils qui n'était pas de lui. Son mari était un saint. Un vrai saint. Et un sage, alors qu'elle-même était à peine capable d'aligner trois mots.

Elle baissa le regard sur son fils. On aurait dit qu'il dormait. Comme il était beau !

Jésus sentit une larme tomber sur sa joue et n'osa pas ouvrir les yeux, effrayé à l'idée d'en savoir plus.

# *Pantera*

Durant toute la matinée, ni Jésus ni son père n'abordèrent le sujet qui les tracassait. Joseph entamait la construction d'une charrue et Jésus l'aidait autant qu'il pouvait. Tantôt il lui amenait des pièces de bois, tantôt il plaquait sur la charrue ses parties métalliques, aussi fermement qu'il pouvait, le temps que son père les perce, tantôt encore il balayait le sol avec application.

À l'heure où le soleil était à son zénith, comme chaque jour à l'exception du Shabbat, Joseph rangea ses outils. Père et fils s'installèrent à l'ombre du caroubier et Marie leur servit le repas qu'elle leur avait préparé, une purée d'aubergines mêlée à du fromage de brebis qu'elle étalait sur une galette de froment bien grillée. C'était le mets préféré de Jésus, elle le savait, impatiente, déjà, de le voir mettre la galette en bouche et la mordre en plissant les yeux.

« Elle veut me faire plaisir, pensa Jésus. Elle pense que j'aurai de la peine. » Pourquoi, sinon, s'était-elle mise à pleurer, la veille au soir ?

— Oublie cette histoire de *mamzer*, dit Joseph d'un ton sec. Elle ne te concerne pas.

C'était la première fois que son père lui parlait de manière aussi sèche. Il ne réagit pas. Mais pas question de laisser tomber. Il irait tout à l'heure traîner du côté de la vigne de Jacob, le père de Samuel, trouverait son camarade et l'interrogerait sans le ménager, jusqu'à ce qu'il lui révèle ce que voulait dire le mot.

*

Une heure plus tard, il l'aperçut entre deux rangées de sarments. Si je l'appelle, il va détaler, se dit-il.

Empruntant la travée parallèle, il la dévala en ayant soin de faire le moins de bruit possible, et, après un crochet, se retrouva nez à nez avec Samuel.

Comme prévu, le garçon tenta de s'enfuir. Jésus le saisit par le poignet :

— Pourquoi dis-tu que je suis un *mamzer* ?

L'autre le regarda, apeuré.

— Réponds ou je te frappe ! hurla Jésus. Pourquoi dis-tu que je suis un *mamzer* ?

Samuel continua de rester coi, terrifié devant tant de rage.

— Mes parents sont mariés ! Je ne suis pas un *mamzer* ! C'est toi le *mamzer* !

L'autre dégagea son bras d'un coup sec et courut sur une dizaine de mètres avant de se retourner :

— *Mamzer ! Mamzer !* Ton père n'est pas ton père !

Jésus ne bougea pas et regarda Samuel remonter l'allée en courant.

Son père était son père, bien sûr. Le contraire serait impossible. Mais alors, pourquoi Samuel avait-il eu ces mots ?

Il avait remonté d'un pas lent la moitié de l'allée lorsqu'il aperçut le garçon courir dans sa direction, s'arrêter à bonne distance et hurler :

— C'est Pantera, ton père ! Pantera ! Pantera ! Pantera !

Après quoi il tourna les talons et s'enfuit pour de bon.

## *La Loi*

Jésus traîna longtemps sur les coteaux qui descendaient de Nazareth en direction de Capharnaüm. Il était perdu. Comment son père pouvait-il ne pas être son père ? Comment, aussi, oser l'interroger là-dessus ? Tête basse, il rentra.

*

— Qui est Pantera ?

Les yeux plantés dans ceux d'Abraham, Jésus scrutait son regard :

— Tu ne peux pas me le dire, mais je suis sûr que tu sais.

L'âne le regardait de sa patience infinie.

— Mon père est un meilleur papa que le père de Samuel. Tu le sais, n'est-ce pas ?

Puis il s'approcha de lui et posa la tête sur son encolure.

*

À peine le vit-il de retour que Joseph l'appela sous le caroubier. Il avait à lui parler de choses graves :

— Le père de Samuel est venu me voir. Autant que je te le dise, ce que t'a dit ton camarade est vrai.

Les yeux plantés dans ceux de Joseph, l'enfant demanda d'une voix tremblante :

— Tu n'es pas mon père ?

— Je le suis autant que l'on peut l'être, répondit Joseph.

Jésus devait accepter qu'il avait un père d'esprit et un autre de chair. Il ne devait pas l'oublier, car ceux qui étaient autour de lui ne l'oublieraient jamais et lui feraient payer le prix de son oubli, comme l'avait fait Samuel, comme le faisaient les femmes du village à l'égard de sa mère.

— Tu seras fort et courageux, et même doublement, pour toi et pour ta mère qui a subi une injustice, il y a longtemps. Cette injustice lui a ôté sa joie de vivre.

— Est-ce qu'elle a été méchante ?

— Ta mère ne sait faire que le bien. C'est une sainte. Mais elle est pauvre en esprit, et un homme du nom de Pantera en a profité pour la séduire.

— Qu'est-ce que cela veut dire, séduire ?

Joseph raconta comment le soldat romain l'avait saoulée, puis lui avait mis dans le ventre la graine qui était devenue le garçon qu'il était, lui, Jésus. Malgré les humiliations et les rebuffades qu'elle subissait au village, elle était immensément heureuse d'avoir eu un enfant aussi bon et intelligent.

— Pourquoi sont-ils si méchants, alors ? Que leur a-t-elle fait de mal ?

— C'est la Loi qui dicte leur attitude.

— Alors, c'est elle qui est méchante ?

— Ainsi est faite la Loi des Juifs, répondit Joseph. Elle veut protéger le peuple juif, le garder fort, exclure ceux qui pourraient l'affaiblir.

Il avait interrogé Ézéchiel, le rabbin, qui lui avait lu un passage du Deutéronome, la Deuxième Loi des Juifs. Elle ne se voulait pas méchante. Mais il est vrai qu'elle était dure, et quelquefois injuste. Si elle choisissait de faire peur, c'était pour le bien de son peuple.

— Ce n'est pas juste qu'on insulte maman, dit Jésus, éclatant en sanglots. La Loi n'est pas juste ! Elle est mauvaise !

Joseph lui caressa les cheveux. La Loi était la Loi. Immuable.

## *Sota*

Au cours des jours qui suivirent, Jésus passa de longs moments auprès de sa mère. Elle s'asseyait sur l'une des nattes, celle située sous le caroubier ou celle déroulée à l'intérieur de leur cabanon, il se couchait sur le flanc, posait la tête sur ses genoux, et elle lui caressait longtemps les cheveux, sans qu'ils échangent un seul mot. Enfin il sait, se disait Marie. Elle appréhendait cet instant depuis cinq années, il était enfin arrivé, et il lui semblait étrange que le monde ne se soit pas écroulé. Depuis que son fils avait appris la vérité, il ne s'était jamais montré aussi tendre, saisissant chaque occasion pour se coller à elle. Peut-être même n'avait-elle jamais été aussi heureuse.

Un jour en fin d'après-midi, elle devait chercher des provisions et demanda à Jésus de l'aider à les transporter.

Alors qu'ils approchaient du dépôt, ils virent Sarah, la mère de Samuel, quitter le magasin. Marie saisit la main de Jésus et s'immobilisa, les yeux baissés. Sarah perçut la présence de Marie et poursuivit sa route, le regard fort. Elle ne l'avait pas dépassée de trois pas que Jésus lâcha la main de sa mère d'un geste brusque, courut après Sarah et la dépassa jusqu'à lui faire face :

— Pourquoi tu ne salues pas ma mère ? Elle ne t'a rien fait !

Pris par sa rage, il lui donna un violent coup de pied dans les jambes. La femme se mit à hurler. Encouragé par l'effet produit, Jésus lui décocha un second coup de pied, avant de courir auprès de sa mère.

Sarah se retourna et lança à Marie :

— Tu n'es qu'une *sota* ! Et Jésus n'est qu'un *mamzer* ! Mal élevé, en plus !

*

Une heure plus tard, Marie et Jésus retrouvaient Joseph sous le caroubier.

— Tu n'as pas eu raison, dit Joseph à Jésus, après que Marie lui eut conté ce qui s'était passé. D'abord, on ne frappe jamais, moins encore une grande personne, moins encore une femme.

Jésus s'était-il interrogé sur ce qu'aurait été la vie de Sarah au sein de sa communauté, si elle s'était risquée à saluer sa mère aux yeux de tous, chaque fois qu'elle la croisait ? À converser avec elle comme si elle était l'une des leurs ? Ce serait Sarah qui serait alors mise au ban des siens.

— La prochaine fois que tu la croiseras, tu t'excuseras.

Jésus se leva d'un bond :

— Jamais ! lança-t-il à son père.

Il resta quelques instants debout, ne sachant trop quoi faire, puis se rassit, s'étendit sur le flanc et posa la tête sur les genoux de sa mère.

*Sept ans plus tard*

## *Confrontations*

Chaque fois qu'il se rendait chez Joseph enseigner les écritures à Jésus, Rabbi Ézéchiel était en joie. La confiture d'oranges que préparait Marie n'y était pas pour rien. Mordre dans de gros morceaux d'écorce bien fermes pendant que le sirop recouvrait peu à peu son palais lui procurait un plaisir qu'il ne retrouvait nulle part ailleurs.

Une petite routine s'était installée. Jésus et lui s'asseyaient sous le caroubier et analysaient les textes tout en dégustant la confiture de Marie. Lui faire découvrir les textes sacrés était à chaque fois l'occasion de les lire d'un autre œil… La capacité du garçon à saisir leur sens profond se doublait d'une habileté naturelle à user de paraboles et de métaphores.

Malgré tout, les instants ainsi passés n'étaient pas de tout repos pour Ézéchiel. L'enfant apprenait avec une facilité que le rabbin n'avait observée chez aucun autre garçon de Nazareth, sa mémoire était prodigieuse et sa curiosité intarissable. Mais la violence de sa rhétorique perturbait Ézéchiel. Quel avenir le Bon Dieu pouvait-il réserver à un enfant, *mamzer* de surcroît, qui, à douze ans déjà, contestait l'interprétation de la Torah avec tant d'audace et de conviction ?

Joseph se tenait légèrement éloigné d'eux pour ne pas les gêner, mais suffisamment proche pour suivre leurs échanges, émerveillé par ce garçon qui se montrait chaque jour plus habile à ferrailler avec son maître. Mais à l'admiration de Joseph se mêlait une inquiétude devant la façon mordante qu'avait son fils de mettre en cause la Loi. Où cette fougue allait-elle le mener ?

Marie, elle, s'éclipsait après avoir apporté au rabbin sa confiture d'oranges, ivre de bonheur devant son enfant si merveilleux, contente d'aller cacher son émotion là où elle ne pouvait pas entendre ses contestations : si elle se jugeait incapable d'en saisir le sens, elle entendait avec quelle violence Jésus tenait tête à Ézéchiel. Ces instants passés à aller et venir lui procuraient un bonheur aigu.

Au fil des rencontres à l'ombre du caroubier, Ézéchiel avait de plus en plus d'estime pour ce garçon solitaire qui s'emportait contre les humiliations subies par sa mère et assumait, tête haute, sa condition de *mamzer*. Comment ne pas comprendre sa révolte ? Mais lui-même était rabbin. Sa mission était de défendre la Loi, alors que l'enfant ne lui laissait aucun répit. Leurs confrontations se multipliaient. En plus, il vieillissait.

Un jour, Jésus s'insurgea contre la Loi qui ostracisait les impurs. Était-ce leur faute, aux sourds et aux lépreux, s'ils étaient malades ? Ézéchiel se réfugia dans un discours hésitant, d'où il ressortait qu'il s'agissait de sauvegarder la vigueur du peuple juif. Jésus l'avait regardé avec colère : Penses-tu sérieusement, rabbin, que je pourrais être la cause d'un affaiblissement physique de notre peuple, parce que je suis un *mamzer* ? Ézéchiel n'avait pas répondu.

— Qu'ont donc les prophètes à insulter ainsi les femmes ? demanda l'enfant à Ézéchiel une autre fois, avec sa fougue habituelle. De quels ventres sont-ils donc sortis ? Comment le prophète Isaïe ose-t-il déclarer que toutes les femmes sont vaniteuses, voluptueuses et perverses ? Les a-t-il toutes connues ? Et Amos, comment peut-il prétendre qu'elles sont cruelles ? Et Jérémie, qu'elles incarnent la duplicité ? Les femmes seraient-elles des servantes du diable ? Elles étaient nombreuses, pourtant, celles de la Bible qui méritaient l'admiration : Déborah, Ruth, Judith, Esther... Pourquoi ces paroles insultantes des prophètes ? Était-ce ainsi qu'Ézéchiel voyait sa mère ?

— Il n'y a pas meilleure personne sur Terre, lui avait-il répondu.

Et pourquoi, demanda Jésus un autre jour, la représentation était-elle si cruellement punie ?

Était-ce juste de faire punir des générations de descendants pour l'erreur d'un seul homme, comme lorsqu'il est dit :

*Tu ne te feras point d'image taillée, ni de représentation quelconque des choses qui sont en haut dans les cieux, qui sont en bas sur la terre, et qui sont dans les eaux plus bas que la terre. Tu ne te prosterneras point devant elles, et tu ne les serviras point ; car moi, l'Éternel, ton Dieu, je suis un Dieu jaloux, qui punis l'iniquité des pères sur les enfants jusqu'à la troisième et la quatrième génération de ceux qui me haïssent, et qui fais miséricorde jusqu'en mille générations à ceux qui m'aiment et qui gardent mes commandements.*

L'erreur était-elle héréditaire ?

À la réponse du rabbin, « pour chasser l'idolâtrie qui a perverti notre peuple à la sortie d'Égypte », Jésus avait répondu : « Un Dieu que l'on pourrait représenter ne serait-il pas plus facile à aimer ? À suivre dans ses enseignements ? Un Dieu qui nous ressemblerait, auquel on pourrait parler sans crainte ? » Une fois encore, Ézéchiel avait baissé le regard.

Et il se retrouva à nouveau à court d'argument lorsqu'ils commentèrent les mots de Moïse descendant de la montagne en flammes :

*Ne vous effrayez pas ; car c'est pour vous mettre à l'épreuve que Dieu est venu, et c'est pour que vous ayez sa crainte devant les yeux, afin que vous ne péchiez point.*

N'y avait-il donc aucune confiance entre l'Éternel et le peuple qu'il avait lui-même élu ? Obéir pour ne pas subir, était-ce une façon de montrer sa foi ? N'aurait-il pas été plus juste que Dieu fasse confiance à l'homme, plutôt que de le menacer ?

Ce jour-là, le rabbin finit par lui avouer sa tristesse de le voir remettre sans cesse en cause la Loi :

— Où cette rage va-t-elle te mener ?

Une fois la leçon terminée, Ézéchiel prit Joseph de côté :

— Ton fils est un enfant blessé. Il défend son honneur et celui de sa mère en attaquant nos Lois, et je le comprends. Mais ses interrogations et son bouillonnement me mettent dans une situation impossible. Je n'ai plus la force de l'accompagner dans la lecture des Textes.

Joseph ne fut pas surpris par l'aveu du rabbin :

— Que me conseilles-tu de faire ?

Jésus avait désormais douze ans, l'âge adulte. Que Joseph et Marie l'amènent à Jérusalem pour les fêtes du Passage. La ville, sa magie, son Temple immense, l'aideraient à lui faire découvrir un judaïsme puissant, somptueux, que son enseignement ne laissait pas entrevoir.

*La Ville sainte*

## *L'humiliation*

À l'approche de Pessah, la fête où durant sept jours aucun Juif ne consomme de pain levé, Joseph, Marie et Jésus prirent le chemin de Jérusalem.

Les brigands qui détroussaient les pèlerins sur les chemins de la Galilée étaient si nombreux qu'effectuer le voyage en solitaire était impensable. Ils descendirent jusqu'à Césarée, Abraham portant Marie et leurs effets, Joseph et Jésus cheminant à ses côtés, et se joignirent à un convoi d'une trentaine de familles qui mit quatre jours à traverser la plaine du Saron, de Césarée à Jaffa, où il s'arrêta deux nuits, passa ensuite par Lydda, et enfin remonta la Judée jusqu'à Jérusalem.

*

À la vue des fortifications de la Ville sainte, Jésus et ses parents s'arrêtèrent, subjugués. Rien ne les avait préparés à un tel choc. Les rayons du couchant venaient s'éteindre sur ses remparts, y laissant leurs derniers feux, et donnaient aux murs ocres des reflets de vieil or. Ébahi devant tant de majesté, Jésus chercha le regard de son père : existait-il au monde ville plus imposante ? À voir son expression et celle de sa mère, il comprit que leur émotion était aussi forte que la sienne, que l'heure n'était pas aux comparaisons mais au bonheur d'être né Juif et d'avoir pour capitale Jérusalem.

Une heure plus tard, leur convoi s'arrêta sur les hauteurs qui entouraient la ville, au jardin de Gethsémani, un lieu appelé aussi Mont des Oliviers.

Un ravin le séparait du Temple, dont on voyait la cour en contrebas, une esplanade qui faisait bien cinq ou six cents coudées. À sa vue, Joseph posa la main sur la tête de Jésus :

— N'oublie jamais ceci, Jésus : c'est dans sa Loi que le peuple juif a trouvé la force de reconstruire ici même le Temple de Salomon, détruit par les Babyloniens il y a six cents ans.

L'enfant chercha le regard de son père. Pourquoi la Loi était-elle parfois si bonne et parfois si méchante ?

Émerveillé par les mots de son fils, Joseph sourit, et lui caressa les cheveux.

— C'est notre Loi, que veux-tu…

*

Le lendemain, Jésus et ses parents découvrirent une ville moins majestueuse que ne laissaient entrevoir ses remparts. Ses rues étaient si étroites que deux ânes chargés n'arrivaient pas à se croiser, et il y régnait un tintamarre assourdissant. Aux appels des marchands se mêlaient les cris des annonceurs publics, ceux des porteurs d'eau et encore ceux des soldats qui réclamaient un passage pour les condamnés menés au Golgotha, le « sommet du crâne », où avaient lieu les exécutions. Venus par milliers pour la fête des pains non levés, des Juifs de toute la Palestine se bousculaient, cherchant qui un parent, qui le Temple, qui, tout simplement, le chemin de sa tente. À la foule des pèlerins se mêlaient des animaux, des agneaux surtout, bientôt offerts aux lévites, les membres de la tribu sacrée chargés du service du Temple. Les odeurs qui montaient de l'autel des sacrifices se fondaient dans celles des immondices et s'entremêlaient aux effluves des graisses dégagées par les braseros. Tout était excessif. Mais tout émerveillait Jésus : Jérusalem était pestilentielle, bruyante, encombrée et grandiose.

Joseph souriait, heureux d'avoir amené les siens à la Ville sainte, et Marie était sereine, enfin, que personne ne la reconnaisse. Elle ne craignait pas l'insulte.

Après avoir erré dans la ville durant deux heures, ils se retrouvèrent à la Porte dorée, l'une des entrées au parvis du Temple.

— Il est temps, dit Joseph.

Ils empruntèrent un long passage couvert, fermé aux deux extrémités par d'immenses panneaux, du bois de cèdre. Tout y était somptueux, du premier vantail aux chapiteaux à feuilles d'acanthe. Le passage débouchait sur l'esplanade aperçue la veille, le *parvis des païens*, seul lieu du Temple où hommes, femmes, non-Juifs, hérétiques et impurs avaient le droit de pénétrer.

Il y régnait la même agitation que dans les rues. Assis par grappes à même le sol, des docteurs de la Loi s'écharpaient sur tel ou tel point des Textes. Les changeurs de devises offraient aux visiteurs la possibilité d'acheter de la monnaie pure, la seule autorisée dans l'enceinte du Temple. Des vendeurs de passereaux proposaient leurs oiseaux à qui souhaitait faire un sacrifice à moindre coût. Et les appels des uns et des autres étaient couverts par les beuglements du bétail qui attendait d'être tué, à l'extérieur de la muraille.

Les voyant hésiter devant l'immense cour, un gardien s'approcha :

— Le sanctuaire admet les femmes dans sa première cour intérieure, d'où plusieurs volées d'escaliers mènent à la cour des Israélites, réservée aux hommes, puis au parvis des prêtres, à l'autel, à la salle du Sanhédrin[1], le grand tribunal des affaires religieuses, et enfin au Saint-des-Saints. Respectez ces règles et

---

1. Le grand tribunal religieux situé à Jérusalem, dans les murs du Temple.

tout ira bien, conclut-il, sévère, avant de se diriger vers un autre groupe de pèlerins.

— Faisons le tour du parvis, proposa Joseph.

Alors que lui et Marie s'ébahissaient devant la majesté du grand sanctuaire, Jésus était fasciné par l'ardeur que les docteurs de la Loi mettaient dans leurs échanges. Il s'arrêta devant un groupe, médusé, avant d'aller en écouter un autre à quelques pas de là.

Son père l'observait par intervalles, heureux de l'intérêt qu'il portait aux questions religieuses, espérant qu'entouré par tant de magnificence, il ressente enfin du respect et de l'admiration à l'égard de la Loi.

La discussion de l'un des groupes portait sur les impurs.

— N'est-ce pas la responsabilité de tout peuple de se protéger ? Un élément faible ne pourra que l'affaiblir, affirma avec force l'un des quatre docteurs qui formaient la grappe. C'est une réalité physique.

— Il est donc juste qu'il soit banni, reprit un autre.

Un troisième hocha la tête :

— La Loi est dure, mais elle a tout son sens. Notre peuple ne doit compter que sur lui-même. Son devoir est de se protéger de ses éléments les plus faibles.

— Tu veux dire : de les exclure, lança Jésus.

Les quatre docteurs levèrent la tête dans sa direction.

— Dis-le, alors, reprit Jésus, étonné d'avoir osé lancer un tel défi.

— Te voilà bien audacieux, dit l'un des docteurs. Quel âge as-tu pour nous interpeller sur ce ton ?

— L'âge où je comprends ce qui est juste et ce qui ne l'est pas, répliqua Jésus, la voix tremblante.

Les quatre hommes se mirent à rire. Joseph et Marie observaient la scène avec angoisse. Le garçon ne risquait-il pas la bastonnade ?

— Tu veux nous faire la leçon et je te félicite pour ton audace, dit celui qui n'avait pas encore parlé. Pourquoi ne t'assieds-tu pas quelques minutes avec nous ? Tu pourrais nous exposer tes arguments, d'homme à homme.

Jésus obtempéra, et, reprenant confiance devant l'invitation, s'adressa aux docteurs de la façon la plus savante qu'il put :

— Pouvez-vous m'éclairer sur ce point important : qui d'autre faudrait-il exclure pour que notre peuple reste fort ?

— Quiconque est à même de l'affaiblir ! lança l'un des docteurs.

Il s'ensuivit une longue litanie, chacun y allant de son idée : les malades, les prostituées, les publicains, les collecteurs d'impôts, les faibles d'esprit, les estropiés, les Juifs qui maintenaient des contacts avec des païens…

Jésus chercha le regard de son père. Il semblait terrifié. Sa mère lui avait tourné le dos.

— Un malade est-il coupable de son état ? demanda Jésus. Et un pauvre en esprit, d'être ainsi fait ? Faut-il ajouter de l'humiliation à son malheur ?

Il y eut un instant de silence.

— L'un de vous a-t-il jamais vécu l'exclusion ? s'enhardit Jésus. Savez-vous combien ce sentiment est douloureux ? La Loi exclut le faible, alors qu'il n'est pour rien dans sa faiblesse. Ne mériterait-il pas, plutôt, d'être secouru ? Le peuple juif tout entier était esclave en Égypte. Qui vous dit que demain, il ne le sera pas à nouveau, si les Romains décidaient de nous asservir avec plus de violence ?

Les quatre docteurs le regardaient, incrédules. D'où tombait ce tribun en âge d'être fessé ?

— N'avez-vous pas lu le psaume 118 ? *La pierre rejetée par les bâtisseurs deviendra pierre angulaire.*

Les quatre docteurs éclatèrent de rire :

— Serais-tu notre pierre angulaire, cher garçon ?

Jésus ignora leur ironie :

— Que diriez-vous si un jour l'on vous punissait pour le simple motif que vous êtes juifs ? Vous vous sentiriez impuissants, tout juste bons à subir ! Comme ceux que vous excluez aujourd'hui !

— Mais quelle diatribe, fit en souriant celui qui avait parlé en premier. Voilà un sujet qui semble te préoccuper. Y aurait-il à cela une raison particulière ? Je te vois sain de corps et fort d'esprit. Quel est ton secret ? Car pour sûr tu en as un…

— Serais-tu, par hasard, un *mamzer* ? demanda l'un de ses collègues.

À ces mots, Marie se retourna, les yeux effarés. Voyant sa mère dans un tel état, Jésus se leva d'un bond :

— Je le suis et je défie chacun d'entre vous d'être né d'une meilleure femme que ma mère. Et j'ai beau être un *mamzer*, je suis plus juif que vous tous !

Il les pointa de l'index, criant :

— Plus juif que toi et toi et toi et toi !

— Tu n'es qu'un impertinent, lança l'un des docteurs.

— Et voici sa mère ! lança un autre. Une *sota* !

— Cela suffit, intervint Joseph. Viens, Jésus, salue ces hommes qui t'ont honoré de leur conversation et poursuivons la visite.

— Où penses-tu aller ? demanda le docteur à Joseph.

— Nous venons de Galilée, nous voudrions visiter le premier parvis, celui où sont admises les femmes.

À ces mots, l'un des docteurs fit signe à un gardien de s'approcher :

— Ces trois personnes sont des impurs qui veulent pénétrer dans le sanctuaire, dit-il en désignant du doigt Joseph, Marie et Jésus.

Jésus donna un violent coup de pied à celui qui venait de parler :

— C'est toi l'impur ! C'est toi qu'il faudrait chasser !

Le gardien s'empara de lui des deux bras et le jeta à terre :

— Hors d'ici, toi et les tiens !

Jésus se releva, prêt à frapper le gardien.

— Non !

Le cri venait de sa mère.

— Partons, dit Joseph.

La rage au ventre, Jésus rejoignit ses parents. Honteux et tête basse, tous trois quittèrent le parvis.

Jésus était ivre de colère. Allait-il passer sa vie à courber l'échine, à voir sa mère bafouée à cause de Lois injustes ? Il les aurait battus au sang, ces quatre docteurs. Et qu'était cette religion qui humiliait l'innocent et récompensait celui qui obéissait sous la menace ?

À leur retour au Mont des Oliviers, ils retrouvèrent Abraham, le détachèrent et Jésus le couvrit de caresses.

*

Joseph et Marie ne quittèrent plus leur camp jusqu'au jour de leur retour, terrifiés à l'idée de revivre une même insulte, où qu'ils aillent. Ils ne parlèrent plus de l'incident, n'osant plus y penser, tant ils étaient honteux d'avoir été ainsi traités.

Incapable de tenir en place, Jésus arpenta avec fureur les ruelles de Jérusalem chaque jour du matin au soir, abandonnant ses parents à l'angoisse qu'il ne laisse à nouveau parler sa colère.

*Cinq ans plus tard*

## *La promesse*

Les années n'avaient pas eu raison de sa rage. Au sentiment d'injustice que ressentait Jésus à l'égard de sa communauté s'en était ajouté un autre, plus fort encore, celui de culpabilité. Le parvis accueillait des changeurs d'argent, des marchands avides, des docteurs bouffis de certitudes, mais c'étaient ses parents, les meilleures personnes du monde, qui en avaient été chassés comme des brigands, à cause de son emportement face aux docteurs.

Dénigrer sans cesse la Loi des Juifs ajoutait à son sentiment de culpabilité. Avait-il raison d'être aussi intransigeant ? Grâce à leur Loi, les Juifs avaient survécu à l'exil auquel les avait soumis Nabuchodonosor. Elle leur avait permis de reconstruire le Temple qu'il avait détruit. Des Lois dures, faites pour un peuple fort et fier… Des réflexions qui l'incitaient à ne rien faire pour changer l'ordre établi… Et voilà qu'au lieu d'atténuer sa rage, ce sentiment de culpabilité la nourrissait.

Durant les cinq années qui suivirent l'expulsion du parvis, l'incident ne fut jamais évoqué. Joseph venait chaque jour à l'atelier mais il ne l'aidait plus désormais, pas même aux tâches les plus légères. À l'âge de dix-sept ans, le *naggar*[1], c'était désormais lui, Jésus, un métier auquel il consacrait toutes ses forces et toute son intelligence. Ses forces pour apaiser sa rage et son intelligence pour honorer son père et se montrer digne des tours de main qu'il lui avait enseignés.

Son travail le comblait. Il ressentait une réelle tendresse pour les bois qu'il ramenait en atelier. Le sycomore était formidable pour sa dureté, le pin souple, l'olivier loyal, le cyprès doux. Des vieux ceps de vigne, il faisait de petits objets. À quinze ans déjà, il était maître dans le maniement de l'herminette, de l'équerre, du rabot. L'usage intense de la hache et de la scie, du marteau et des ciseaux, lui développa une force que l'on ne lui aurait pas prêtée, tant sa constitution était fine à sa naissance. Son corps se durcit. Ses doigts se musclèrent et s'épaissirent. Il aimait autant effectuer les travaux les plus durs – abattre un arbre, le débiter, le transporter – qu'effleurer les veines d'une bille et comprendre au premier toucher comment elle réagirait à la découpe.

1. En araméen : le charpentier.

La dureté de son métier, les astuces dont il usait pour le rendre aussi léger que possible, les foulures musculaires, tendinites, fractures aux doigts de pied qu'il subissait, tout cela lui permit d'acquérir de son corps et de ses failles une connaissance très fine. À force d'essais pour soulager ses blessures par telle ou telle méthode, il apprit par quels moyens certaines douleurs pouvaient être guéries.

On vint le solliciter. Hommes, femmes et enfants du village se présentaient à la porte de son atelier.

Pour soulager une plaie ouverte, il utilisait un mélange de miel et d'huile d'olive, mouillé d'un peu de vin. Lorsqu'une blessure nécessitait une incision, un curetage, ou encore une réduction de fracture, il écoutait beaucoup, usait de gestes délicats, et si son action appelait une manipulation douloureuse, il donnait à boire au blessé un peu d'absinthe et attendait le temps qu'il fallait avant de l'entreprendre.

À mesure qu'il gagnait en connaissance et en expérience sur le pouvoir des plantes et des onguents, il étendit son savoir à de nombreux maux. Il remarqua qu'une concoction d'extraits de certains palmiers, de romarin et de bignone soulageait les maladies d'entrailles. L'orge, trempée dans du lait caillé, apaisait les palpitations. Sa réputation de guérisseur s'établit.

Précis dans l'exécution des commandes qu'il recevait, fiable dans ses engagements, il remplaça honorablement Joseph, et, bien qu'il soit connu comme *mamzer*, il ne perdit que de rares clients. Il avait quatorze ans lorsque quelques-uns essayèrent de tirer profit de ce qu'ils pensaient être une faiblesse, l'espérant trop honteux de sa condition pour résister à une remise en cause de la qualité d'une poutre ou à une demande de réduction sur le prix d'un timon ou d'une pergola. Il refusa chaque fois. *Mamzer* il était, mais *naggar* il était aussi. Et si certains croyaient pouvoir lui manquer de respect, ils étaient vite détrompés. Trois fois, il chassa un client.

Ainsi se déroulait sa vie, riche de l'intensité de son travail, douce des repas pris avec ses parents, tendre de ses monologues avec Abraham et profonde de sa lecture des Textes à laquelle il consacrait une heure au moins chaque soir, cherchant dans les Lois de la Torah leurs racines d'amour et de charité.

Alors que son attachement à Joseph allait grandissant, certains jours, une question lui venait à l'esprit. Son père ne se montrait-il pas trop complaisant à l'égard des Lois juives ? Très vite, pourtant, son embarras s'estompait. Joseph n'était-il pas trop vieux pour contester l'ordre établi des rabbins ? Mais n'avait-il pas, cependant, fait fi de leurs Lois en épousant sa mère ? Il n'en aimait son père que davantage.

Il lui arrivait aussi de s'interroger sur l'identité de l'homme auquel il devait la vie, son « père de chair ». Qui était ce Pantera ? À quoi ressemblait-il ? Se trouvait-il encore en Palestine ? Chaque fois, ces questionnements ne déclenchaient qu'une réflexion froide : il n'y avait dans son cœur aucune place pour ce « père de chair », un cœur qui déjà n'était pas assez grand pour contenir toute la tendresse et la gratitude qu'il ressentait à l'égard de Joseph.

Un matin d'août, alors qu'il travaillait depuis longtemps sur des linteaux de porte, il se rendit compte que son père n'était pas venu à l'atelier. Il posa son rabot, se rendit dans le cabanon et le trouva étendu sur sa natte, Marie assise à son côté :

— Ton père se sent très faible ce matin.

Joseph lui sourit :

— Aide-moi à me lever et allons sous le caroubier.

Lorsqu'il souleva son père par les aisselles, sa légèreté le troubla. Il n'avait pas remarqué à quel point il avait maigri.

Étendu sous les frondaisons de l'arbre, Joseph ferma les yeux. Il avait été l'homme le plus chanceux de la Terre. Il avait vécu avec une femme qui n'avait jamais été sa femme. Il l'avait épousée, bien sûr, mais elle n'avait pas voulu partager sa couche, s'estimant indigne de lui. Il sourit en repensant aux premiers jours de leur union, lorsqu'elle avait insisté pour placer sa natte au pied de la sienne, à la perpendiculaire, comme un chien qui dort au pied de son maître.

Il avait un fils qui n'était pas son fils. Et pourtant, cette femme et son garçon avaient fait de lui un homme comblé. Malgré l'ostracisme et les humiliations. Malgré l'expulsion du Temple. Durant les années de son mariage avec Rebecca, il avait été heureux, bien sûr. Elle lui avait donné trois bons garçons. Mais il s'agissait d'un bonheur différent. Avec Marie et Jésus, il avait vécu dans l'irréalité.

Il leva les yeux sur Jésus :

— Ézéchiel est venu me voir ce matin, alors que tu travaillais. Il sait que je suis fatigué, et il est soucieux, pour la suite. Tes idées l'inquiètent. Il m'a rappelé les paroles de l'Éternel : « J'ai formé ce peuple pour qu'il publie ma gloire et serve d'exemple aux nations en exposant le droit aux peuples. » Le droit, tu entends ? Nous sommes le peuple de la Loi. Le peuple élu, lumière des Nations. L'Éternel a dit aussi : « C'est vous seuls que j'ai distingués entre toutes les familles de la Terre. » Comment voudrais-tu que nous arrivions à remplir notre mission sans respecter nos Lois ? Elles sont sacrées. Les mettre en cause serait risquer notre existence même. Voilà pourquoi, à Jérusalem, tu as eu tort de t'en prendre aux docteurs de la Loi. Tout bouffis de certitude et arrogants qu'ils aient pu être, ils faisaient leur devoir. N'oublie pas ce qui s'est passé il y a de cela six siècles, lorsque notre peuple a subi l'exil de Babylone. Tu connais l'histoire. Tu sais que ce n'était pas l'ensemble de notre peuple qui était visé. Les paysans, les incultes comme moi, ont été laissés sur place. Nabuchodonosor a emmené avec lui les meilleurs des nôtres, nos docteurs de la Loi, nos scribes, nos rabbins, il a logé les plus savants d'entre eux dans son palais et les a traités selon leur rang, dans l'attente qu'ils l'aident à rendre son peuple meilleur. Par nos Lois. C'est là notre mission, tu le sais mieux que moi, vu que tu as étudié nos Textes.

Jésus baissa les yeux.

— Tu es un garçon fougueux, reprit Joseph. Je le sais. Pourtant, je veux que tu me promettes de ne plus jamais remettre en cause la Loi juive.

Jésus chercha le regard de son père :

— Je te le promets.

Il y avait autre chose, encore, dont Joseph voulait l'entretenir. Qui allait prendre soin de sa mère, le jour où il ne serait plus là ? S'assurer qu'elle ne se retrouve pas seule dans son âge avancé ?

— Depuis deux mois, la nièce d'Ézéchiel, une jeune orpheline du nom de Marie, habite chez lui. Elle est de Magdala. Elle viendra chez nous et s'occupera de ta mère. Tu la traiteras avec respect et tu la rémunéreras. Ai-je ta promesse ?

— Tu l'as, répondit Jésus.

Après un long silence, Joseph dit à Jésus qu'il s'était beaucoup fatigué en lui parlant si longuement de sujets si graves et qu'il voulait retourner à sa couche, près de Marie.

Jésus l'aida à se déplacer, l'installa et s'assit à son côté, sa main sur celle de Marie. Une heure plus tard, Joseph se suréleva légèrement. Jésus comprit qu'il voulait lui dire quelque chose.

Mais il ne dit rien, s'étendit à nouveau et cessa de vivre.

## *Et l'esprit vint à Marie*

— Tu as été la plus merveilleuse chose qui lui soit arrivée, dit Jésus à sa mère.

Elle regarda son fils en silence. Comment pouvait-il penser qu'une *sota* ait pu être autre chose qu'un fardeau pour son mari ?

— S'il ne t'avait pas rencontrée, sa bonté serait restée cachée, lui dit Jésus.

À l'écoute de ces mots, elle céda à l'émotion. La plus belle chose qui leur soit arrivée, à Joseph et à elle-même, c'était ce fils qui les avait aimés avec une telle dévotion.

— Ton père était un saint, dit-elle enfin, et tu lui as fait une promesse que sans doute tu tiendras. Mais si tu devais un jour en décider autrement, je le comprendrais. Je dis ces mots devant sa dépouille.

Elle avait écouté les dernières paroles de Joseph sous le caroubier et ne partageait pas son avis : leur fils avait eu raison de se révolter au parvis du Temple. Il avait montré combien il était courageux, combien, aussi, il les aimait. Sa droiture était d'une grande beauté et sa colère d'une justesse absolue.

Jésus la regarda, incrédule. C'était la première fois que sa mère s'exprimait par tant de mots, et de manière aussi audacieuse :

— Tu es sûre de ce que tu dis ?

— Ton père m'a épargnée et m'a soutenue. Il m'a aimée. Ma gratitude et mon respect à sa mémoire sont immenses. Mais il n'a jamais vécu ce que j'ai vécu, ni ce que tu as vécu. On peut aimer les exclus. On peut vouloir les aider, se croire proche. Mais seul un exclu connaît la honte brûlante de se sentir aussi perdu, aussi impuissant, lorsqu'il se voit rejeté aux yeux de tous.

Elle laissa passer un silence, et, le regard dans le vague, murmura :

— Sois prudent. Si jamais tu mettais en cause nos Lois, tu te ferais des ennemis.

Jésus comprit qu'à vivre au côté de son père, à l'écouter, à partager le regard empreint de bonté qu'il portait sur les hommes, sa mère était devenue riche en esprit, et qu'elle l'avait dissimulé à Joseph, par pudeur.

*

Il se rendit au cimetière, chercha la tombe du dernier mort du village et marqua d'un rectangle le bout de terre qui serait celle de son père. Elle devait être profonde d'une demi-hauteur d'homme et grande de deux coudées sur quatre.

La terre était si dure qu'il devait la casser à la pioche avant de pouvoir l'évacuer à la pelle, le travail d'une pleine journée. Deux heures après avoir commencé à creuser, il en était à mi-ouvrage et s'arrêta, le temps de souffler.

Devant lui, un jeune homme de son âge lui souriait.

— Je suis venu t'aider.

Jésus le regarda, intrigué. Creuser une tombe était un travail qui incombait à la proche famille. Que cherchait cet inconnu muni d'une pelle ?

— Nous ne nous sommes pas vus depuis longtemps, dit le garçon qui continuait de sourire.

Soudain, Jésus retrouva un visage d'enfant derrière les traits du jeune homme. C'était Samuel.

Peu après leur altercation, au décès de son père, il était parti avec sa mère vivre à Acre, auprès d'un oncle rabbin. Ézéchiel, qui l'hébergeait depuis quelques semaines, lui avait suggéré d'aller au cimetière aider Jésus.

— Désolé pour ton père. Si tu m'y autorises, je te donne un coup de main, pour la tombe.

D'un geste de la tête, Jésus approuva. Samuel sauta dans la fosse et ils se mirent au travail.

Content de se retrouver au côté de Jésus en position d'égalité, il avait envie de parler. Il voulait devenir rabbin. C'est pour cela qu'il était venu passer quelques semaines chez Ézéchiel, un ami de son oncle :

— Je suis heureux de pouvoir creuser avec toi. Si tu veux, demain, je t'aiderai à porter la civière.

Il se montra vigoureux, pour un garçon dont l'occupation était d'étudier. Au soleil couchant, ils avaient terminé le travail.

— Content que nous ne soyons plus fâchés ! lança Samuel.

— Chacun de nous s'est mal comporté avec l'autre, dit enfin Jésus, ses premiers mots depuis qu'il avait aperçu Samuel.

*

De retour chez lui, Jésus constata que les hommes du *tahara*[1] étaient repartis. La dépouille de son père était enveloppée d'un linceul blanc sur lequel ils avaient étendu son tallit[2]. Une bougie allumée était posée au niveau de sa tête. Personne n'était venu veiller Joseph, de peur, sans doute, de côtoyer une *sota*.

Assise au pied de la natte, Marie pleurait. Jésus s'agenouilla près d'elle, posa sa main sur la sienne, et ils passèrent ainsi la nuit, chacun dans ses souvenirs.

---

1. La purification.
2. Châle de prières.

# *Kaddish*

Jésus fut surpris par le nombre de villageois qui se pressaient autour de la tombe. En épousant une *sota*, son père s'était mis au ban de la communauté, et voilà qu'une centaine d'hommes étaient venus assister à son enterrement. C'est donc qu'il y a autre chose que la Loi, se dit-il. Le besoin de se montrer charitable, niché au cœur des hommes, et qui les dépasse.

Il chercha sa mère et la repéra, à bonne distance des hommes, comme c'était la règle. Les femmes du village étaient plusieurs à être venues au cimetière, mais aucune ne se tenait près de sa mère. Il en eut le cœur serré. Avaient-elles peur de se retrouver prises au piège de leur propre bonté ? De se retrouver obligées de la saluer, lorsqu'elles la croiseraient le lendemain ou le jour d'après ? *Sota* elle était, *sota* elle devait rester. La communauté avait ses règles.

À dix pas derrière elle, il observa Abraham, attaché à un pieu, et il lui sembla bien que l'âne cherchait son regard, qu'il savait bien que son père était mort, et qu'il avait, lui aussi, une peine immense.

Lorsque Ézéchiel eut terminé de réciter les prières et de chanter les psaumes, Jésus et Samuel placèrent le corps de Joseph au fond de la fosse. C'était l'instant du kaddish, la prière des morts, qu'il revenait au fils de réciter.

*Yitgaddal véyitqaddash shémé rabba*
*Magnifié et sanctifié soit le grand Nom*

Le deuxième vers du kaddish était : « Dans le monde qu'il a créé selon sa volonté. » Mais Ézéchiel le lui avait dit la veille : le kaddish d'enterrement substituait ce vers par un autre :

*Béalma déhon atid lè'it haddata*
*Dans le monde qui sera renouvelé*

N'est-ce pas le signe que rien n'est immuable ? s'interrogea Jésus. Que les morts reprendront vie, comme disait le vers suivant :

*Oulà a'haya metaya*
*Il ressuscitera les morts*

Le monde n'était donc pas figé. Pourquoi en irait-il autrement des Lois ? Mais il avait fait une promesse à son père et la respecterait, malgré la morsure ressentie à la vision de sa mère, ignorée des femmes du village au moment où elle vivait les instants les plus douloureux de sa vie.

## *Trouble*

Sept jours après l'enterrement de Joseph, Marie reçut la visite d'Ézéchiel, accompagné d'une très jeune fille :

— Voici Marie. Elle a quatorze ans et vient de Magdala, où, en quelques mois, elle a perdu ses deux parents. Sa maman était l'une de mes sœurs. C'est d'elle que j'avais parlé à Joseph. Elle s'occupera de toi avec dévouement.

La pauvreté avec laquelle était vêtue la jeune fille tranchait avec sa grande beauté. Elle avait un visage d'un ovale parfait, une peau mate, et des yeux d'un noir intense.

— Je vous confie l'une à l'autre, dit Ézéchiel. Que Dieu vous garde.

Le rabbin parti, les deux Marie se regardèrent par en dessous, aucune n'osant lever les yeux sur l'autre.

— Tu dormiras ici, dit enfin Marie. Mon fils déplacera sa natte dans son atelier.

Elle observa la jeune fille :

— Tu dois mourir de chaud sous ce vêtement. Ôte au moins ton foulard.

La jeune fille découvrit une abondante chevelure couleur cuivre, qui lui arrivait au milieu du dos.

Au même moment, Jésus passait le seuil qui séparait l'atelier de la pièce d'habitation. À la vue de Marie de Magdala, il se retourna, très troublé. Il n'avait jamais vu de chevelure féminine.

## *Découverte*

Au cours des semaines qui suivirent l'arrivée de Marie de Magdala, une vitalité inattendue s'installa dans la maison. Marie se sentait moins contrainte. Son devoir de se montrer soumise avait disparu. Quant à Marie de Magdala, elle retrouvait un peu plus chaque jour la douceur d'une vie en famille.

Un sentiment nouveau contribuait à son bonheur. Lorsque Jésus la regardait, ne serait-ce qu'un instant, elle était submergée de plaisir.

Jésus était lui-même subjugué par sa grâce. Aux repas du soir, il se faisait violence pour ne pas poser son regard sur elle, et lorsque leurs yeux se croisaient, il se sentait défaillir. Plus tard, sur sa couche, le souvenir de ces regards volés ne le quittait pas. Il en allait de même pour Marie de Magdala. Longtemps avant de s'endormir, chacun essayait d'imaginer l'autre.

Consciente des sentiments qui se nouaient autour d'elle, Marie en ressentait un grand bonheur. Lorsqu'ils se retrouvaient au repas du soir, chaque occasion lui était bonne de laisser les deux adolescents s'accrocher du regard.

Au fil du temps, ils s'enhardirent à se frôler de la main ou du bras. Un jour, alors que Marie de Magdala était chez elle depuis plus de quatre mois, Marie se décida à l'interroger :

— Il te plaît infiniment, n'est-ce pas ?

La jeune fille baissa les yeux.

— Tu voudrais être dans sa vie ?

Marie de Magdala resta silencieuse.

— Il est *mamzer*. Il ne pourra jamais t'épouser. Vous devrez vous cacher des autres. Si vous aviez des enfants, ils seraient *mamzer* à leur tour.

La jeune fille eut un geste des épaules qui disait l'indifférence.

— Alors va le rejoindre, dit Marie.

Le soir même, Jésus et Marie de Magdala se découvrirent.

*Douze ans plus tard*

## *La honte*

La vie de Jésus continuait de se dérouler dans un semblant d'harmonie. Marie de Magdala le comblait, par sa présence et sa douceur. Les ans l'avaient dotée d'une beauté profonde. Sa mère semblait heureuse à nouveau. Sa réputation de *naggar* s'était étendue à tout le pays de Canaan. À son travail s'ajoutait une importante activité de guérisseur. À toucher des muscles enflammés, des cartilages écrasés ou des épaules déboîtées, il avait appris à reconnaître certaines fractures et à les consolider, immobilisant l'os cassé au moyen de pièces de bois qu'il fabriquait en atelier. Lorsqu'il voyait que son intervention allait causer une douleur aiguë, il interrogeait l'accidenté, le faisait parler de lui-même en le regardant dans les yeux, le temps qu'il fallait, jusqu'à ce que l'esprit de l'homme soit ailleurs, et, d'un geste, il remettait l'os en place et l'élancement s'apaisait. Des blessés retrouvaient une mobilité suffisante pour reprendre leur travail. Lorsqu'on lui parlait de miracles, Jésus répétait les mêmes mots : « L'Éternel l'a voulu. »

Une femme vint un jour le trouver. Depuis sa dernière grossesse, elle saignait sans cesse. Jésus la fit s'allonger sur sa natte, s'agenouilla près d'elle et, sans la toucher, tint ses deux mains au-dessus de son bas-ventre. « Je sens quelque chose couler en moi », dit la femme. Le saignement cessa instantanément.

Jésus en fut désemparé. Aurais-je le don, se demanda-t-il, de pouvoir guérir sans toucher ? Très vite, il posa ses deux mains sur le manteau de la femme, afin qu'elle ne se doute pas de ce qu'il s'était passé vraiment.

D'autres venaient le voir car ils avaient en eux « le démon ». « Qui es-tu ? » leur demandait Jésus. Il les interrogeait sur tel ou tel événement de leur vie, les écoutait avec attention, puis parlait au démon, quelquefois avec violence. Presque toujours, le démon disparaissait après deux ou trois visites.

Mais l'harmonie dans laquelle se déroulait sa vie n'était qu'apparente. L'humiliation subie à l'âge de cinq ans restait aussi brûlante qu'au jour où Samuel lui avait lancé l'insulte. Ce que les rabbins faisaient des Lois était contraire à leur esprit, contraire à l'héritage, une vraie trahison. Ils avaient oublié les mots du Lévitique : *Il sera pour vous comme l'un des vôtres, l'étranger qui habite avec vous, et tu l'aimeras comme toi-même*... C'était non seulement le prochain qu'il fallait aimer, mais le lointain. Tout le monde. Chaque être humain.

Il aurait voulu affronter, s'engager, en découdre... Mais la promesse faite à son père n'était-elle pas sacrée ? Et avec qui discuter ? Se confronter ? Se disputer ? Ézéchiel était mort. Le rabbin du village était désormais un nommé Amos, qui avait d'emblée marqué sa distance à Marie, sans doute pour être bien vu les villageois. Comment débattre avec un tel homme ?

Lié par sa promesse, Jésus avait abandonné toute révolte. Et de cet abandon, il avait honte.

## *Capharnaüm*

Ce matin-là, l'un des anciens du village s'était blessé, alors qu'il installait sur son sillon une charrue trop lourde pour ses bras. Elle lui avait glissé des mains avant de lui fracasser la jambe. Alerté par son cri, un voisin accourut :

— J'ai l'os brisé, dit l'homme. Va chez Rabbi Amos, revenez tous deux avec la civière et portez-moi chez le guérisseur.

*

Jésus n'était pas pressé de quitter sa natte. Marie de Magdala l'avait rejoint pour la nuit, et les heures qui venaient de s'écouler leur avaient été douces. Apaisés et sereins, dans les bras l'un de l'autre, ils sursautèrent lorsque le rabbin ouvrit la porte de l'atelier d'un geste brutal :

— Vite, il y a un blessé grave.

À la vue de Marie de Magdala nue sur la natte de Jésus, le dernier mot lui resta dans la gorge.

Elle se saisit de sa robe, se leva et se précipita au cabanon.

— Te rends-tu compte du péché que tu commets ? tonna le rabbin à l'intention de Jésus.

Celui-ci se leva calmement, enfila sa tunique et s'approcha de la civière.

— Tu es un *mamzer* ! hurla Amos. Au lieu de racheter ta faute, tu commets une transgression ! L'une des plus graves !

— C'est une mauvaise cassure que tu as subie, dit Jésus au blessé, ignorant le rabbin.

Il lui effleura la jambe :

— L'os s'est déplacé.

— Tu entends ce que je te dis ? cria le rabbin. Cette femme incarne le péché ! Elle et toi avez souillé cette maison !

— Il faut que je redresse ton os, dit Jésus au blessé, cela va te faire souffrir. Regarde-moi dans les yeux. Quel âge as-tu ?

— Cinquante et plus.

— Je te parle, hurla le rabbin à Jésus.

Celui-ci se tourna enfin vers lui :

— Tu cries pour ne rien dire. Quitte ma maison.

— Et en plus, ta mère est une *sota* ! Vous êtes tous des impurs, dans cette maison !

Jésus chercha son regard :

— Un homme souffre et tu t'accroches à des règlements… Honte à toi, rabbin. Et maintenant, pars. J'ai un travail à accomplir.

Dès que le rabbin eut quitté l'atelier, Jésus s'adressa au blessé :

— Regarde-moi dans les yeux. Oui, comme ça... Inspire lentement, parfait... expire lentement... encore... encore... Et maintenant baisse les paupières. Et dors.

Il attendit quelques instants, puis, d'un geste sec, remit l'os à sa place.

*

Lorsqu'il eut terminé de soigner l'homme, il le ramena chez lui en civière, aidé de celui qui lui avait porté secours.

Puis il réunit ses outils, dit à sa mère et à Marie de Magdala de préparer leurs effets, et, tôt le lendemain matin, ils quittèrent Nazareth pour Capharnaüm, un village situé au bord de la mer Génésareth.

Ils l'atteignirent après deux jours de voyage. Jésus s'enquit d'un cabanon et en trouva un dont le propriétaire avait quitté la ville pour suivre un homme du nom de Jean, qui prédisait la fin du monde et donnait le baptême dans les eaux du Jourdain.

## *L'éclaircie*

Des magiciens ou des charlatans, la Galilée en avait vu passer de nombreux, et ce Jean n'était pas le premier prophète à aller de village en village prêcher la bonne parole. Mais celui que l'on appelait le Baptiseur se distinguait des autres par sa fougue et sa foi, menaçant de l'enfer ceux qui n'acceptaient pas de recevoir son baptême. Des foules entières venaient de Galilée, de Samarie et même de Judée, pour écouter ses sermons.

Le bruit circula un jour à Capharnaüm qu'il serait le lendemain à Bethsaïde, et Jésus voulut savoir ce qui lui valait une telle renommée. Il emprunta la route du bord de mer et se retrouva entouré de miséreux qui partaient comme lui à la recherche du Baptiseur.

À Bethsaïde, la foule se tenait sur la grève, à l'embouchure du Jourdain. Debout à la proue d'une barque ancrée à quelques coudées du bord, Jean la regardait, l'air souverain.

— Je comprends pourquoi Hérode Antipas le cherche, dit une voix derrière Jésus. Vois comme il est puissant !

Au même instant, le ciel se couvrit de nuages noirs, comme il arrivait souvent à cette époque de l'année. Jean jeta un coup d'œil en direction du ciel et débuta sa harangue en récitant à voix haute la prière traditionnelle :

*Shéma Israël*
*Adonaï Eloheïnou*
*Adonaï Ehad*
*Écoute, Israël*
*L'Éternel est notre Dieu*
*L'Éternel est Un.*

Une pluie drue se mit à tomber.

— Je donnerai le baptême à chacun d'entre vous !

On entendit un coup de tonnerre. Il leva le doigt vers le ciel :

— Et que dit l'Éternel à ceux qui n'ont pas encore expié leurs péchés ? Qu'ils se préparent à ses fureurs !

Un éclair frappa l'eau à une centaine de coudées, mais personne ne fit mine d'aller se protéger. Les visages ruisselaient de pluie.

— Race de vipères, reprit Jean, vous qui cherchez le salut par mon baptême, qui donc vous a appris à fuir la colère à venir ? Produisez des fruits dignes de la repentance, et ne vous mettez pas à dire en vous-mêmes : Nous avons Abraham pour père ! Car je vous déclare que de ces pierres, Dieu peut susciter des enfants à Abraham.

La pluie continuait de tomber, de plus en plus forte. D'autres coups de tonnerre se firent entendre. Les éclairs se multipliaient.

— Écoutez le ciel ! Maintenant la hache est prête à attaquer les arbres à la racine. Et sachez-le : tout arbre qui ne produit pas de bons fruits sera coupé et jeté au feu, car la colère de Dieu est sans limite à ceux qui ne respectent pas ses enseignements. Gare à ceux d'entre vous qui ne craignent pas Dieu. Ceux-là ne méritent pas mon baptême.

Un homme lança :

— Que devons-nous faire ?

— Que celui qui a deux tuniques les partage avec celui qui n'en a pas. Que celui qui a de quoi manger fasse de même.

Il poursuivit sa harangue sur le même ton, puis, brusquement, enjamba la barque :

— Que ceux qui veulent le baptême s'approchent.

Une queue se forma, longue d'une cinquantaine de personnes, hommes et femmes. Jésus s'y joignit. Le succès du Baptiseur l'impressionnait, mais son message l'irritait. Était-il nécessaire de brandir la menace de la fin du monde et d'attiser les peurs pour convaincre ces miséreux de demander le baptême ? Que savait Jean de ce que l'Éternel avait arrêté comme destin pour le peuple juif ?

Peu importe, se dit Jésus. L'essentiel, à cet instant, était de comprendre ce que Jean avait de si fascinant aux yeux de ses adeptes.

Les baptêmes se succédaient à un rythme soutenu. Sans doute craint-il d'être arrêté par les soldats d'Hérode, se dit Jésus. Lorsque vint son tour, il pénétra dans l'eau et s'approcha de Jean. Celui-ci le dévisagea avec curiosité :

— Est-ce la première fois que tu me suis ?

Sans répondre, Jésus le regarda fixement. Jean resta muet devant tant de beauté et de puissance sereine.

— Qui es-tu ? demanda-t-il enfin.

— Je m'appelle Jésus. Je suis de Nazareth. Mais ma mère m'a mis au monde à Bethléem et j'habite à Capharnaüm, où j'exerce le métier de charpentier. Je guéris, aussi.

— Adhères-tu à mes paroles ?

— Pas à toutes, répondit Jésus.

Il admirait la force de son propos, l'effet qu'il produisait sur les foules. Il adhérait de tout cœur à l'injonction de partage que prônait Jean. Mais il n'acceptait pas les menaces que le Baptiseur brandissait :

— Tu fais peur, alors beaucoup obéissent... Sont-ils sincères ?

Jean fixa longuement Jésus :

— Veux-tu recevoir mon baptême ?

Un grondement de tonnerre se fit entendre au loin. L'orage de fin d'après-midi s'éloignait.

Jésus s'approcha du Baptiseur, et, soutenu par lui, s'immergea tout entier dans l'eau de la mer de Génésareth, effleuré par le courant du Jourdain dont l'embouchure se situait une cinquantaine de coudées en amont.

À l'instant où il émergea de l'eau, les nuages s'écartèrent, un rayon de soleil le frappa et une mouette vint se poser à son côté.

De la foule s'éleva un long « Oh… » d'émerveillement.

— Es-tu celui qui doit venir ? demanda Jean.

Jésus le regarda en silence, sortit de la mer et se perdit dans la foule.

## *Le pacte*

Jésus avait l'esprit en feu. Sa participation à la réunion de Jean, les mots que celui-ci avait prononcés, la ferveur qu'ils avaient suscitée, tout cela l'avait troublé infiniment. Jean défiait les Grands-prêtres. Ses adeptes étaient nombreux. Ils semblaient déterminés. Mais cette façon qu'il avait de sans cesse brandir la menace de fin du monde l'irritait. En définitive, le Baptiseur ne faisait que reprendre ce qui le dérangeait chez les rabbins.

De retour chez lui, perturbé par ce qu'il venait de vivre, Jésus alla s'étendre dans l'atelier sans s'arrêter auprès d'Abraham ni saluer sa mère et Marie de Magdala.

Une heure plus tard, Marie s'approcha de sa natte :

— Un homme veut te voir.

Un client, se dit Jésus.

Il quitta sa natte et se trouva nez à nez avec Jean le Baptiseur.

— C'est pour toi que je suis venu de Bethsaïde, lui dit le Baptiseur. J'ai à te parler et à t'écouter.

*

Ils avaient pris place sous le caroubier.

— Mes jours d'homme libre sont comptés, fit Jean. Que se passera-t-il ensuite ?

De tous ses adeptes, André, Simon-Pierre, Philippe, Nathanaël..., aucun n'était de taille à lui succéder.

Jésus gardait le silence. Que lui voulait cet homme ? Pourquoi avait-il fait le chemin de Capharnaüm, au risque de ne pas le trouver ?

— Tu sais ce que je prêche, n'est-ce pas ? reprit Jean.

— Tu leur demandes de pratiquer la vertu, d'être charitables les uns avec les autres et pieux envers Dieu. S'ils se conforment à ces règles, tu leur offres le salut par l'eau du baptême plutôt que par le feu des sacrifices répétés année après année. Ai-je bien saisi ton message ?

— Tu me facilites beaucoup la tâche en l'exprimant en si peu de mots. Parmi ceux de mon entourage, aucun ne serait capable de le faire avec autant de clarté. Autre chose, encore. À l'instant de ton émersion, les nuages se sont retirés, un rayon de soleil t'a baigné de sa lumière et un oiseau s'est posé à ton côté, dans la mer. Tu as constaté combien la foule s'est émerveillée de cet événement. C'était une mouette, pourtant tous ont vu une blanche colombe. Ce signe te marquera pour toujours. J'ai fait le chemin de Capharnaüm pour te poser cette question : veux-tu me suivre ?

Jésus hésita avant de répondre :

— Je te l'ai dit. Je serais prêt à mille sacrifices si je pouvais rendre la Loi des Juifs plus douce et plus juste. Le succès de ta démarche montre que je ne suis pas seul à le désirer. Mais je ne peux pas être d'accord avec la prédiction de fin du monde que tu brandis, ni avec la menace de grands malheurs pour ceux qui n'agiraient pas selon tes enseignements. Comment peux-tu distinguer celui qui est sincère de celui qui agit par peur ?

D'un geste de la tête, Jean le Baptiseur l'approuva :

— Je te propose le pacte suivant. Suis-moi. Donne des baptêmes à mes côtés. Et ne t'oppose pas à moi durant ce temps, il sera court. Je t'annoncerai demain comme mon successeur. Dès le jour où je serai arrêté, tu poursuivras ma mission selon ta conscience. Et de mes fidèles, tu garderas qui tu voudras à ton côté.

— Pourtant, nous divergeons sur la fin du monde…

— Tu as posé ton regard sur moi comme personne ne l'a fait jusqu'ici, et tu m'as écouté sans me juger.

## *Agir, à tout prix*

Le repas se déroulait dans un silence pesant.

— Je vais partir, dit Jésus.

Marie resta silencieuse. Depuis que son fils avait été à Bethsaïde écouter Jean le Baptiseur, elle s'attendait à ce qu'il le suive.

Marie de Magdala sortit cacher ses larmes.

— Je comprends ta démarche, dit Marie. Et je la soutiens. Mais sois prudent. Certains t'accuseront de vouloir diviser les Juifs.

C'était l'inverse qu'il souhaitait. Rapprocher les Juifs de leur religion. Redonner aux Lois leur esprit. Appliquer l'injonction du Lévitique :

*Tu aimeras ton prochain comme toi-même.*

— La religion juive est faite de charité et d'amour. Pourquoi voudrais-je m'en séparer ?

Il quitta le cabanon et vit Marie de Magdala debout sous le caroubier, le corps secoué de sanglots.

Dès qu'elle sentit sa présence, elle se tourna vers lui :

— Mais que cherches-tu ?

— Il m'est insupportable de ne rien faire, répondit Jésus.

## *La succession*

Au cours des semaines qui suivirent, Jean fit des sermons d'une violence accrue, voyageant sans répit, réunissant des foules en Transjordanie, à Gamala et Gadera, à Hippos, puis le long de l'autre rive de la mer de Génésareth, à Naïn, Tabgha, Magdala, Tibériade, se faisant chaque jour plus menaçant dans ses prophéties, se montrant plus pressé de baptiser. Des adeptes lui parlaient de Bannus, un prophète qui vivait dans le désert, se nourrissait de plantes et se baignait dans des eaux froides, pour garder sa chasteté intacte. On racontait que son influence était grande, et Jean prit peur. Le temps lui était compté. Voulant s'assurer de la loyauté de ses adeptes, il tomba dans la surenchère.

En dépit de ces excès, Jésus se montra d'une loyauté parfaite. Il donna le baptême chaque fois que Jean le lui demanda et ne revint pas une seule fois sur les divergences qu'il avait exprimées lorsqu'ils avaient passé leur pacte à Capharnaüm.

Un matin, à l'heure du réveil, alors qu'ils se trouvaient à Bethsaïde, Simon-Pierre, Philippe et Nathanaël, très émus, lui annoncèrent que les hommes d'Hérode Antipas avaient enlevé Jean.

Jésus serra chacun dans ses bras et leur demanda s'ils acceptaient de l'accompagner dans sa mission, avec la même abnégation qu'ils avaient démontrée auprès de Jean.

Tous trois l'assurèrent qu'ils s'engageraient de la même manière « et avec plus de cœur si c'était possible », ajouta Simon-Pierre.

## *Chagrins partagés*

Au premier soir qui suivit le départ de Jésus, Marie de Magdala avait voulu passer la nuit sur la natte qu'ils avaient tant de fois partagée. Marie aurait préféré qu'elles restent l'une près de l'autre, vu que désormais toutes deux vivraient chaque seconde dans l'angoisse : qu'allait-il advenir de son fils ? Il allait se créer des ennemis parmi les puissants... Ils voudraient faire taire cet homme qui se montrait si habile... Capable de convaincre des foules... Si demain on m'annonce la mort de mon fils, se disait-elle, je pleurerai beaucoup mais je ne m'étonnerai pas.

Mais Marie de Magdala insista et alla s'étendre dans l'atelier.

Peu après qu'elles eurent éteint leurs bougies, Marie entendit des sanglots. Quoi de plus normal, se dit-elle. L'homme de sa vie est parti.

Une heure plus tard, la jeune femme continuait de sangloter.

Alors Marie se rendit à l'atelier, s'allongea près d'elle, la serra dans ses bras et la berça le reste de la nuit.

## *Le pardon*

À l'annonce de l'arrestation du Baptiseur, Jésus quitta Capharnaüm, s'arrêta chez lui le temps d'embrasser sa mère et Marie de Magdala, et repartit pour Nazareth, où il arriva à la nuit tombée. Fourbu par dix heures de marche, il dormit d'une traite, à la belle étoile.

Aux premières lumières de l'aube, il se rendit sur la tombe de son père, récita le *Shéma Israël*, puis le *Kaddish des endeuillés*, et, enfin, prononça les mots difficiles qu'il avait préparés tout au long du chemin :

— Mon père. Tu m'as accueilli comme ton fils. Tu as protégé ma mère comme aucun homme ne l'aurait fait. Tu es la meilleure personne qu'ait portée la terre. Et je vais trahir la promesse que je t'ai faite.

Il s'étendit sur la tombe, l'embrassa, puis s'agenouilla :

— Tu avais la bonté d'accepter la lecture que font les Grands-prêtres de nos Lois, alors qu'elles plongeaient ma mère dans l'ignominie. Mais ces Lois ne sont plus lues dans l'esprit de charité qui est le fondement de notre religion. Je ferai tout ce qui est en mon pouvoir pour que cet esprit revienne. Pardonne-moi et donne-moi ta bénédiction.

Il s'allongea à nouveau à même la tombe, les bras en croix, embrassa la terre et prit le chemin de Capharnaüm, où il arriva à l'heure du repas.

Après avoir embrassé sa mère et Marie de Magdala, il les informa de l'arrestation de Jean :

— Ils l'ont pris et en ont fait ce qu'ils ont voulu. Je le crois mort.

Il raconta ensuite son voyage à Nazareth, sa promesse brisée, la demande de pardon.

— Je m'y attendais, dit sa mère. Depuis le jour de ta promesse.

— Est-ce à dire que tu vas créer une nouvelle secte ? demanda Marie de Magdala.

Elle ne savait pas vraiment ce que le mot signifiait. Chaque fois qu'elle l'avait entendu, il était entouré de méfiance.

Jésus secoua lentement la tête. Il y avait déjà les Saducéens, les Pharisiens, les Samaritains, les Esséniens… Créer une secte de plus n'aurait rien résolu.

Il fallait trouver un autre moyen. Durant de longues années, il avait vécu dans la honte de ne rien tenter pour rendre les Lois plus humaines. Comment y arriver sans créer de scission ? Affaiblir le judaïsme, ce n'était pas seulement trahir sa promesse, c'était tourner le dos à l'esprit de son père.

Marie le regarda :

— Ce que Jean a subi ne te fait pas peur ?

— Non, répondit Jésus.

Elle se savait pauvre en esprit, et beaucoup d'idées dont parlait son fils lui étaient inaccessibles. Mais d'une chose elle était certaine : Jésus était resté un enfant en colère.

Elle se leva, embrassa Marie de Magdala et Jésus, et les poussa vers l'atelier.

*

Tôt le lendemain, Jésus se rendit chez l'un des charpentiers de la ville, lui vendit ses outils, remit le produit de la vente à sa mère et l'embrassa, ainsi que Marie de Magdala. Puis il monta sur Abraham et prit la route qui menait à Bethsaïde.

*Un an plus tard*

## *Ne restait que la rage*

Rien ne pouvait plus freiner Jésus dans sa fougue. Il avait renié la promesse faite à son père. Jean était mort. Il était libre, désormais, de ne répondre à rien d'autre qu'à sa propre rage à l'égard des docteurs.

Durant six mois, il parcourut la Galilée dans les pas du Baptiseur, constatant combien les hommes et les femmes qui s'approchaient de lui préféraient l'homme des guérisons à celui des menaces et des baptêmes.

« Est-ce à dire que tu ne crains pas la fin du monde ? lui lancèrent çà et là quelques adeptes, ni même la colère de Dieu ? » « Je m'en remets au Père qui nous aime », répondait Jésus. « Alors, guéris-nous, criaient les hommes et les femmes de Galilée, guéris-nous vite ! Et bénis-nous ! »

Soudain, tant de pèlerins faisaient le voyage jusqu'à lui qu'il ne quitta presque plus Capharnaüm, entouré de ses adeptes, de sa mère et de Marie de Magdala, qui assistaient à ses sermons. Et sa vie se déroula à nouveau dans une grande douceur.

Dès le matin, il s'installait à l'orée de la forêt de pins parasols qui descendait en pente douce jusqu'à la mer de Génésareth, et, très vite, se voyait entouré d'exclus. Il repérait les sourds et les aveugles aux expressions de leurs visages, les prostituées à leurs vêtements criards, les lépreux aux taches de pigmentation qui marquaient leur visage et à leurs membres amputés de doigts, parfois de mains ou de pieds. De rares pèlerins l'interrogeaient, les autres étaient heureux de simplement l'écouter, intimidés par cet homme au regard puissant et au verbe enivrant, qui leur parlait avec bonté et leur donnait espoir. Chaque jour, quelques-uns s'approchaient pour qu'il les guérisse, qui d'une entorse, qui d'une fracture, qui pour faire sortir de lui le démon. Il était rare qu'il ne les soulage pas. Il arrivait même qu'il les guérisse tout à fait. Mais le plaisir que lui procuraient les guérisons était peu de chose, comparé à celui qu'il ressentait lorsque venait le moment de partager le repas et de briser le pain avec les exclus. Rien ne le comblait autant que d'observer leurs expressions incrédules, devant la considération qu'il leur réservait.

Aux foules de miséreux se joignaient souvent des scribes, des rabbins ou des docteurs, inquiets de ce que l'on racontait sur cet homme qui contestait l'interprétation de la Loi et faisait passer les rabbins pour cruels.

Ce jour-là, à l'heure de rompre le pain, un Pharisien l'interpella, alors qu'il venait de faire sortir le démon d'une veuve qui parlait mal à ses proches.

— On dit de toi que tu es glouton et ivrogne, lança le Pharisien. Un ami des impurs. Du reste, j'en reconnais un, Lévi, le collecteur de taxes, qu'on appelle désormais Matthieu.

Jésus lui demanda pourquoi il devrait se priver de leur compagnie.

— Ils souillent notre peuple, s'emporta le Pharisien. Ils l'affaiblissent et mettent sa survie en péril. En les accueillant, tu trahis les tiens ! Toi et tes airs de prophète !

Jésus le regarda longuement :

— Sommes-nous un peuple d'amour ?

— Nous sommes l'exemple aux Nations, répondit l'homme avec vivacité. Que veux-tu de plus ?

— C'est donc que nous sommes méritants ?

— Dieu nous a choisis, voilà ma réponse à ta question idiote.

— Soit, dit Jésus. Alors réponds-moi : quel est ton mérite à aimer ton prochain, si celui-ci te ressemble comme deux gouttes d'eau ? Ne serait-ce pas là un misérable calcul de commerçant, par lequel tu te donnes bonne conscience à peu de frais ? N'aurais-tu pas plus d'ambition ?

— Mon ambition est d'aimer mon peuple, espèce de demeuré ! En verrais-tu une autre ?

— Celle d'aimer ton lointain, par exemple. Celui qui ne te ressemble pas, parce qu'il a un pied bot, ou parce qu'il est sourd, ou parce qu'il ne sait pas qui est son père… ou encore parce qu'il vient d'ailleurs et qu'il est ton étranger, comme nous l'étions en Égypte…

Le pharisien se leva, lança : « Tu nous porteras malheur ! » et partit.

# *Judas*

## *Un village pas comme les autres*

Ce midi, lorsque Jésus eut terminé son sermon, un homme s'approcha, qu'il reconnut à ses yeux de renard. Assis à l'un des rangs éloignés lors de ses assemblées, l'homme l'avait frappé par l'intensité de l'attention qu'il portait à chacun de ses mots.

Il avait un visage disgracieux et son expression était peu engageante, mais il émanait de lui une détermination qui impressionnait :

— Mon nom est Judas. On m'appelle Judas Ish-Kariyot[1].

Jésus resta silencieux.

— Tu n'es pas seul à être *mamzer*, ajouta l'homme.

Jésus soutint son regard, de plus en plus intrigué.

— Sais-tu où se trouve Kariyot ? Non, bien sûr. Personne ne le sait. Personne ou presque. Le village est caché au sommet du Mont Gilboa. Veux-tu que je te raconte son histoire ?

---

1. L'homme de Kariyot, en hébreu.

Judas et sa mère, qui était de Naïm, comptaient parmi ses premiers habitants. Depuis l'occupation romaine, les *mamzer* ne se comptaient plus en Palestine. Un village s'était construit, protégeant ces enfants que les communautés auraient traités dans l'indignité. C'était aussi une manière de faciliter les unions, les *mamzer* ne pouvant épouser qu'un des leurs.

— Un village de pestiférés que personne ne songe à visiter, ajouta Judas en souriant.

Une ville nommée Kariyot ne se trouvait-elle pas en Judée, non loin d'Hébron ?

Deux villes même portaient ce nom, l'autre appartenant au royaume de Moab. S'ils avaient choisi d'appeler ainsi leur village, c'était précisément pour pouvoir dire : « Je suis de Kariyot » sans que cela soit un mensonge, tout en brouillant les pistes.

Jésus fut soudain envahi de honte. Ces gens s'étaient saisis de leur destin. Ils avaient construit un village, organisé leurs vies, trouvé une dignité. Ils avaient agi. Alors que lui…

Judas l'interrompit dans ses pensées.

— Le village est fort d'environ cent cinquante *mamzer*. Si je compte ceux d'entre nous qui ont plus de douze ans, entre garçons et filles, nous sommes une cinquantaine. Parmi ceux-là, une douzaine sont prêts à tout pour que l'on cesse de les traiter en pestiférés. Ce sont mes émissaires. Je suis leur chef. Notre mission est de faire tout ce qui est en notre pouvoir pour rendre leur dignité aux *mamzer* et à tous les impurs. Pour l'instant, nous recrutons en secret dans toute la Galilée. Quand viendra le jour, il faudra compter avec nous.

Les émissaires se déplaçaient à ses ordres. C'étaient eux qui l'avaient informé des sermons de Jésus et des guérisons qu'il prodiguait.

— Je t'ai vu guérir, convaincre, t'imposer. Ton souci de justice impressionne. Tu as tout d'un grand prophète. Mais tu n'arriveras jamais à faire plier ceux du Temple. Au mieux, ils céderont sur des peccadilles.

Jésus le regarda fixement, l'invitant par son silence à aller au bout de son idée.

— Crée ta propre secte. Tu en seras le Seigneur. Tu imposeras ton interprétation des Lois. Nous serons nombreux à te rejoindre.

— Il est l'heure de rompre le pain, dit Jésus. Partage mon repas. Après quoi tu me parleras encore de ton village.

*

Ce soir-là, après qu'ils se furent quittés, Judas s'assit en tailleur devant sa grotte et resta pensif longtemps. Pourquoi Jésus se montrait-il aussi fuyant, face à la perspective de tourner le dos aux rabbins ? Car sinon, il avait tout pour lui. Une capacité à charmer les foules sans égale, une force physique impressionnante, acquise par son dur métier, sans même parler de sa beauté. Où sa faille se cachait-elle ?

# *Elie*

Au fil des mois, les foules augmentaient en importance. Les réactions des pèlerins aux discours de Jésus se faisaient plus vibrantes. Ceux qui venaient à Capharnaüm prirent l'habitude d'y séjourner plusieurs jours. En matinée, ils s'installaient dans le sous-bois pour écouter celui qu'ils appelaient Rabbi[1]. Le soir, la forêt de pins parasols leur offrait un gîte confortable. Chacun se préoccupait de sa nourriture, à l'exception du pain, que Jésus tenait à briser lui-même et à partager. Dès l'aube, Marie et Marie de Magdala le préparaient en quantité, quelquefois jusqu'à trente miches.

De temps à autre, Judas venait s'asseoir parmi les pèlerins. Dès que Jésus le repérait, il poursuivait son sermon en s'adressant à lui, imaginant ce qu'il en retiendrait et la manière dont il serait jugé.

---

1. Maître.

Une dispute éclata, un jour où Judas était présent, alors que Jésus abordait la question du Shabbat.

— Si, au jour du repos, demanda un pèlerin à Jésus, ma brebis tombe dans mon puits, puis-je la secourir ?

Jésus se leva :

— Quelqu'un ici a-t-il une réponse ?

— Les Esséniens disent qu'on peut la nourrir, mais que pour l'extraire du puits, il faut attendre le coucher du soleil.

— Qu'en pensez-vous ? lança Jésus à l'assemblée.

— C'est ridicule, lança une voix. Donner à manger, c'est déjà une tâche. Autant sauver la bête.

— Imaginons, reprit Jésus, qu'un estropié se présente le jour du Shabbat, pensant que j'ai un moyen de le soulager.

— Alors il faut le guérir, dit le même pèlerin.

— Je suis de ton avis, dit Jésus.

Ces mots déclenchèrent la colère des deux rabbins :

— Tu violes ce que notre Loi a de plus sacré, le jour de repos du Seigneur ! Tu blasphèmes !

— Ce que notre Loi a de plus sacré, dit Jésus, c'est l'amour, celui dû au prochain et celui dû à Dieu. L'estropié est-il une créature du diable ?

— J'ajouterais ceci, lança soudain Judas.

Il s'était mis debout, et, s'adressant à Jésus, dit encore :

— Il est vrai que quelquefois, nos rabbins élargissent à souhait le cercle des exclus. Comme s'ils ne souhaitaient rien d'autre que de rester entre eux…

L'assemblée éclata de rire.

Les deux rabbins se levèrent brusquement et partirent sous les quolibets.

Jésus posa son regard sur Judas et lui sourit, impressionné par la virulence mordante de son propos. Décidément, cet homme semblait prêt à tout.

*

Son activité de guérisseur suivait désormais un protocole précis. Il traitait devant l'assemblée tout ce qui touchait au corps, soulageant morsures de serpent, foulures, fractures aux bras ou aux jambes, ou encore saignements. Lorsqu'il lui suffisait de poser les mains au-dessus des parties d'un corps malade sans le toucher, le mot de « miracle » était prononcé, toujours à voix basse. Les pèlerins savaient que le Rabbi ne se voulait pas responsable de ces guérisons, qu'elles étaient le fruit de la foi que le malade portait au Seigneur.

Il en allait autrement pour les maux de l'esprit. Jésus avait remarqué combien il était important de les traiter dans l'intimité. Il interrogeait ceux qui étaient habités par le démon en fin d'après-midi, en bordure de la mer de Génésareth, lorsque les vents étaient apaisés, sous un pin parasol, à l'abri des regards. Souvent, au premier tête-à-tête en succédait un autre, puis un autre encore, jusqu'à ce que le démon prenne la fuite.

C'est là qu'un jour une jeune femme vint le trouver, accompagnée d'un enfant blond, d'une grande beauté, le regard dans le vague.

Elle s'appelait Esther et venait de Naïm, où elle était allée vivre, après avoir accouché de son fils à Césarée, sa ville natale. Âgé de cinq ans, c'était un *mamzer*. Quand cela s'était su à Naïm, elle avait préféré partir. À Capharnaüm, personne ne la connaissait.

Jésus chercha à capter le regard de l'enfant, mais ce fut sans succès.

— Que puis-je faire pour ton fils ?

Il lui caressa la tête et l'enfant eut un geste de refus.

— Sois gentil, Elie. Rabbi va nous aider.

L'enfant ne réagit pas, les yeux toujours dans le vague.

— Il entend ce qu'on lui dit et le comprend ; mais il ne parle pas. Tous les matins, je le prends avec moi à mon travail. Je suis servante chez David le charpentier.

Les yeux sur l'enfant, Jésus laissa passer un silence :

— Dès demain, tu amèneras Elie chez moi avant de te rendre chez David. Vous resterez quelques minutes. Je lui parlerai, puis tu repartiras avec lui. Sans doute acceptera-t-il, au bout de quelques semaines, de rester avec moi en ton absence. Je le prendrai à mes assemblées et le ferai asseoir à mon côté.

— Tu es un saint, Rabbi !

La jeune femme s'inclina devant Jésus, baisa le bas de sa robe et s'éloigna en compagnie de son fils.

*

Un soir, après le repas, Marie posa la main sur celle de Jésus :

— Es-tu heureux ?

À la manière dont sa parole était reçue, au nombre de pèlerins qui venaient le voir, à leur confiance grandissante, au succès de ses guérisons, il gardait espoir qu'un jour, les Grands-prêtres du Sanhédrin l'écouteraient avec bienveillance. Mais pour l'instant, il vivait dans un sentiment d'inachevé.

## *La femme adultère*

Trois mois passèrent.

Chaque jour, désormais, Esther remettait son fils à Marie, qui l'amenait à l'assemblée. Assis au côté de Jésus, l'enfant restait calme, tantôt le regard dans le vague, tantôt les yeux fixés sur Jésus.

Marie remarqua qu'Esther avait embelli depuis sa première visite. Il doit y avoir à cela un secret, se disait-elle.

Le secret finit par être dévoilé en assemblée.

— Je viens de Naïm, dit un jour un pèlerin. On y murmure que l'un des nôtres a été ensorcelé par une femme qui habite ici. Elle a brisé son ménage. On dit aussi qu'elle a eu un fils hors mariage. Elle est donc doublement coupable. Ne mérite-t-elle pas d'être punie, comme l'exige notre Loi ?

— C'est l'homme qui vient la voir, dis-tu ? demanda Jésus.

— C'est lui.

— Et de Naïm, en plus ?

— Oui.

— Alors, dit Jésus, n'est-ce pas l'homme marié qui s'éloigne de son propre ménage ?

— Peut-être, répondit le pèlerin.

— Peut-être ? reprit Jésus. Tu oses dire peut-être ? Un homme s'éloigne de son épouse, et c'est la femme qu'il rejoint que tu voudrais lapider ?

Soudain, il était en rage :

— De quel ventre es-tu sorti, brigand ? Est-ce un homme qui t'a mis au monde ?

Le pèlerin baissa la tête.

— Est-ce ainsi que tu considères celle qui t'a donné la vie ? Es-tu comme ces scribes, qui lisent la Loi en petits épiciers et l'appliquent sans humanité ? Pourquoi ne me demandes-tu pas de lapider l'homme ?

Il laissa passer un silence. Autour de lui, les visages exprimaient une grande surprise. Lapider un homme pour cause d'adultère, voilà qui ne s'était jamais vu, ni dit, ni pensé.

Il poursuivit, en rage :

— Tu oses parler de péché ? Aimer, est-ce un péché ? Tenir quelqu'un dans ses bras, est-ce un péché ? Et toi, n'as-tu jamais pensé tenir dans tes bras la femme d'un autre ? Ou la jeune fille qui te frôle au marché ? Faudrait-il qu'on te lapide, pour ces désirs ?

Il haussa les épaules :

— Que tu ne les aies pas réalisés ne change rien à l'affaire. Tu aurais bien aimé ! Dis-le !

— C'est vrai, murmura le pèlerin.

— Alors réfléchis avant de parler, espèce d'écervelé ! Si cette femme a eu un enfant hors mariage, un *mamzer*, ose dire le mot infamant, un *mamzer*, ce pour quoi elle et son fils subiront l'ignominie à jamais, elle mérite notre protection et notre respect ! Et son fils tout autant !

Il s'arrêta, au bord des larmes, regarda longuement sa mère, et caressa les cheveux du petit Elie :

— C'est la lecture de la Loi que font les prêtres qui mérite d'être lapidée. Pas la femme.

## *La Loi du talion*

On amena un matin à Jésus un homme dont un voisin avait brisé le bras. Étendu sur une civière, le malheureux hurlait de douleur : « Je vais mourir ! » criait-il. L'os s'était déplacé.

Jésus l'interrogea sur les circonstances dans lesquelles avait éclaté la rixe. Le différend entre les deux hommes portait sur la limite de propriété entre leurs champs.

D'un geste, Jésus remit l'os en place. L'homme hurla, vit que Jésus lui bandait le bras après l'avoir consolidé au moyen d'une pièce de bois, et recouvra un peu de son calme :

— Il n'y a pas que ça.

Jésus regarda l'homme en silence, sachant par avance ce qu'il allait réclamer.

— Je demande justice.

Jésus lui accorda raison. Il avait été blessé et méritait réparation. Mais à quelle justice pensait-il ?

— Je veux que celui qui m'a blessé soit jugé selon notre Loi. Œil pour œil, dent pour dent, bras brisé pour bras brisé.

Jésus lui posa la main sur les cheveux :

— Qu'est-ce que cela pourrait t'apporter ?

— Du bien-être, répondit l'homme. Le sentiment que justice a été rendue. Selon notre Loi.

Jésus lui demanda s'il était jamais venu à l'une de ses assemblées. Jamais, répondit l'homme. On lui avait dit que Jésus mettait en cause certaines Lois, et sans doute avait-il ses raisons. Mais celle du talion lui semblait indiscutable.

Jésus proposa qu'ils y réfléchissent ensemble. Le talion suggérait d'appliquer une peine proportionnelle à la faute. Lu aveuglément, il perpétuait la violence, alors que la Loi du Père était une Loi d'amour. Tu aimeras ton prochain comme toi-même, disait le Lévitique. Répondre à un bras brisé par un bras brisé, ne serait-ce pas contredire la parole la plus sacrée du Père ? Et cela ne ferait que des perdants.

— Plutôt que de briser le bras de ton voisin, ne préférerais-tu pas qu'on l'oblige à labourer ton champ, le temps que tu guérisses ? Je suis convaincu qu'à le voir suer à retourner la terre pour ton compte durant un mois, tu seras si heureux que tu finiras par lui pardonner sa faute.

L'homme regarda Jésus, l'air intrigué. Cet homme lui suggérait-il sérieusement d'accorder son pardon à celui qui l'avait blessé ? Avait-on jamais entendu une idée aussi absurde ? Elle ébranlait ses convictions les plus profondes !

Pourtant, ce qu'il proposait ne manquait pas de justesse…

## *Sur la montagne*

— Tu n'as pas l'air satisfait de ta journée, dit sa mère à Jésus. Raconte-nous ce qui s'est passé.

Marie de Magdala et lui étaient assis de part et d'autre de la natte sur laquelle était déposé le repas du soir.

— Le succès dilue ma rage, dit Jésus.

Marie ôta du brasero une purée de pois chiches et trois galettes, avant de s'asseoir à son tour.

— Ce matin, reprit Jésus, Simon-Pierre et Philippe accoururent vers moi : « Une foule t'attend au pied de la première colline ! » Une foule comme ils n'en avaient jamais vu, me dirent-ils, « des milliers de gens ». Je les suivis. Arrivé au bas de la montagne, je compris que la seule façon que j'avais de m'adresser à la foule tout entière était de lui parler depuis le sommet. Je me frayai un chemin à travers les pèlerins et fus frappé par le nombre de lépreux qui la constituaient. Les voir si nombreux, les membres rongés, la peau ravagée par la maladie, sachant qu'en plus, à leur malheur s'ajoutait le rejet auquel ils étaient soumis au quotidien, tout cela me plongea dans une profonde tristesse.

Que leur dire ? Comment faire naître un début d'espérance ? Pris de court, j'eus un mot d'une rare naïveté :

*Heureux ceux qui pleurent, car ils seront consolés.*

Je vis autour de moi des regards interrogateurs. Qui es-tu ? semblaient-ils me dire. Que veux-tu nous faire croire ? Devrions-nous être heureux de pleurer ?

Décontenancé, je poursuivis :

*Heureux ceux qui sont persécutés,*
*car le royaume des cieux leur appartient.*

« Alors je devrais être le plus heureux des hommes », lança une voix.

Quelques rires fusèrent.

Je m'accrochai :

*Heureux serez-vous lorsqu'on vous insultera.*

« Je suis donc comblé », lança celui qui avait parlé en premier.

Je m'enfonçai plus encore :

*Aimez vos ennemis, bénissez ceux qui vous maudissent, priez pour ceux qui vous persécutent.*

La foule tout entière se mit à rire. Une voix se détacha :

« Nous avons l'estomac creux, nous subissons l'insulte, personne ne veut de nous, et tu voudrais que nous nous réjouissions de notre état ? Est-ce pour écouter tes sottises que nous sommes venus jusqu'ici ? »

Je persistai. À deux doigts de m'effondrer, je m'écriai :

*Le royaume des cieux vous est promis.*

« Je le dirai à mon ventre, cria quelqu'un, il sera ravi de l'entendre ! »

Ses mots déclenchèrent l'hilarité générale.

Je tentai de retrouver mes esprits. « Il y a plus de trente ans que je subis l'opprobre comme vous », leur dis-je lorsque les rires se calmèrent. « Notre jour viendra. J'en fais le serment. Quitte à mourir. »

Voilà ce que je leur dis, poursuivit Jésus. Puis je descendis de la montagne, anéanti devant mon impuissance à soulager ces malheureux.

— Que comptes-tu faire ? demanda Marie.

Mis à part les guérisons, il n'avait fait jusque-là que parler. Ces gens avaient besoin d'être restaurés dans leur dignité. Pas abreuvés de paroles.

— Je crois que ma détermination s'est ramollie, dit Jésus.

Ses guérisons soulageaient ceux auxquels il les prodiguait, bien sûr. Mais qu'était-ce, devant l'immensité du désespoir qu'il côtoyait ? Peut-être même que ces petites victoires du quotidien l'avaient enivré de vanité. Dès le lendemain, il allait quitter Capharnaüm. Il fallait qu'il se retrouve.

— Fais ton devoir, lui dit sa mère.

Marie de Magdala posa la main sur la sienne :

— Tu vas te séparer des nôtres ?

Jésus chercha son regard, mais ne saisit pas sa détresse, car au même instant, une interrogation lui traversa l'esprit : qui donc avait organisé ce rassemblement ? Était-ce une facilité qu'on lui avait offerte ou un piège ?

## *Quarante jours*

Alors que Jésus traversait la Galilée à pied pour rejoindre le désert de Judée, il fut si souvent reconnu par les habitants des villages que cela l'obligea, chaque fois, à s'arrêter et à porter sa parole. Au bout de deux jours, il rebroussa chemin et s'installa dans l'une des grottes creusées sur les hauteurs de Magdala, là où les pèlerins prenaient refuge à la saison des pluies. À cette époque de l'année, elles étaient inoccupées.

Incapable de rassembler ses pensées, il passa ses journées à observer les nuances de bleu, de vert et de gris qu'offrait la mer de Génésareth, se nourrissant de figues, de raisins ou de dattes trouvés en contrebas.

Au huitième jour, Judas apparut au seuil de sa grotte :

— Présente-toi devant le Sanhédrin et remets en cause la Loi ! lui lança-t-il.

Jésus le regarda, courroucé. Qu'était-il venu le déranger ? Et puis, Juif il était né, Juif il mourrait. Sa religion était celle d'un Dieu unique, invisible et innommable. Un Dieu exigeant, parfois cruel et injuste, mais un Dieu absolu, dont les enseignements méritaient d'être lus à la lumière de son commandement suprême : Tu aimeras ton prochain comme toi-même. C'était sa Loi sacrée. Envisager les choses autrement serait diviser.

Judas comprit que le moment n'était pas venu de le contrer :

— Tu as été élevé dans le respect des Lois dès ton enfance. Une enfance douce, je crois... Ces Lois font partie de toi, elles sont en toi, et je comprends qu'il te soit difficile de les renier. Pour ma part, j'ai grandi dans la méfiance de ces Lois. Je crois bien que leur rejet m'est venu au temps du lait maternel. Le village de Kariyot s'est construit contre elles.

D'un geste de la main, Jésus l'interrompit :

— La Loi juive est tout entière de charité. Je ne veux pas l'abolir mais l'accomplir, le comprends-tu ?

— Je m'y efforce, dit Judas.

Sans ajouter un mot, il alla s'installer dans une grotte située à trente pas, et les deux hommes ne se croisèrent pas jusqu'au surlendemain. Ce fut à nouveau Judas qui se présenta devant la grotte de Jésus :

— Pouvons-nous reprendre ?

Jésus lui fit signe de s'asseoir.

— Nous aurions avec nous tous les exclus, dit Judas. Ceux qui, comme nous deux, sont l'objet d'un ostracisme impitoyable, les *mamzer*, mais aussi les prostituées, les *sota*, les lépreux...

Sans compter ceux qui, sans être ostracisés par la Loi juive, l'auraient préférée plus douce. Plus ouverte. Plus tolérante. Qui rêvaient d'une Loi favorisant le pardon plutôt que le châtiment et dont le Père serait réconfortant plutôt qu'effrayant… Il y avait aussi les païens. Eux aussi méritaient d'être pris en compte…

Voyant dans le regard de Jésus qu'il avait été entendu, Judas se leva :

— Discutons-en quand tu le souhaites.

Il alla s'asseoir devant sa grotte, heureux d'avoir compris, enfin, ce qui entravait Jésus : son amour immodéré pour sa mère et un respect tout aussi grand à l'égard de son père. Jésus avait beau avoir un physique de révolutionnaire, tourner le dos à la Loi juive lui serait à jamais exclu. Pourtant, Judas en était convaincu, il lui paraissait possible de faire de Jésus plus qu'il ne voulait.

*

Ils restèrent quatre jours sans se voir, durant lesquels le dilemme de Jésus ne fit que s'amplifier. Chaque réflexion le menait à une impasse. Retourner à Capharnaüm et reprendre ses sermons aurait constitué un échec. Modifier en profondeur la lecture que faisaient les Grands-prêtres de la Loi juive serait une entreprise perdue d'avance. Quant à créer une nouvelle secte, c'était trahir les siens.

Malgré sa rage, malgré les humiliations subies par lui, sa mère et son père, Juif il était, Juif il resterait, loyal aux siens, désireux de ramener la Loi à ses racines d'amour, de pardon et de charité. Pas de l'abolir.

Quatre jours plus tard, ce fut encore Judas qui vint le trouver. À ses yeux, l'aventure du Sanhédrin valait la peine d'être tentée, et il était prêt à aider Jésus dans son désir de convaincre les Grands-prêtres. La démarche méritait d'être préparée avec soin, car discuter de la Loi, ne serait-ce que de son interprétation, impliquait un risque. Il se pouvait que sa démarche irrite le Sanhédrin et le rende encore plus intolérant à l'égard des exclus. L'initiative de Jésus se retournerait alors contre ceux qu'il avait voulu aider. Il était également possible que ses idées trouvent un écho au-delà du monde des exclus et déclenche, chez les Juifs, un mouvement de révolte qui aboutirait à la création d'une secte ouverte aux *mamzer* et à tous les impurs de la terre.

— Et si les deux risques se matérialisent ?

— C'est non seulement possible mais probable, répondit Judas. Il pourrait même s'en ajouter un troisième : que toi et moi passions pour les responsables d'une scission. Qu'une secte naisse, tolérante, bienveillante, et l'on nous accusera, dans cent ans encore, d'avoir trahi les nôtres.

Leur reprocherait-on d'avoir rendu la Loi juive plus douce ?

Judas sourit :

— L'imagination des hommes est sans limite lorsqu'il s'agit de trouver un coupable.

— Donnons-nous quelques jours, dit Jésus.

Judas le regarda, intrigué.

*

Les quelques jours devinrent quatre, puis six, puis huit, au cours desquels, à force d'échanger, de raconter, parfois de se dévoiler, les deux hommes forgèrent des liens d'amitié. Judas décrivit à Jésus l'histoire de Kariyot, un village construit autant par des femmes que par des hommes, où la vie se déroulait dans la joie. Lorsqu'ils se rendaient dans la plaine, les Kariyotes prenaient l'accent de Judée, pour ne pas être reconnus. Mais au-delà de leurs petites astuces du quotidien, la haine qu'ils vouaient aux communautés traditionnelles était féroce et tous étaient habités par une grande violence :

— Et moi plus qu'eux tous réunis ! ajouta Judas en éclatant de rire.

Il raconta pourquoi il avait lui-même décidé de ne pas créer de famille, « un peu pour que mes enfants ne soient pas montrés du doigt et beaucoup parce que je risque de les laisser orphelins très vite ».

À nouveau il éclata de rire.

— À mon avis, je vais mal finir.

Jésus sourit :

— On dirait que tu veux en découdre à tout prix. Le danger ne te fait donc pas peur ?

— Non. Ce qui m'est insupportable, en revanche, c'est l'idée de rester un pestiféré pour toujours.

Jésus raconta son altercation avec Samuel à l'âge de cinq ans, comment lui et sa famille avaient été chassés du parvis du Temple, la promesse faite à son père au jour de sa mort, la tendresse que sa mère avait toujours eue pour lui.

Ils partagèrent repas et souvenirs, passant des heures à observer la mer de Génésareth et ses eaux qui passaient du vert de jade au bleu saphir, et qui, au pied des falaises qui bordaient sa rive orientale, prenaient des reflets de rouille et d'ocre.

Judas était impressionné par la beauté de Jésus, lui qui était si laid, par son art de la parole et sa grande noblesse de sentiments. Il s'étonnait aussi, avec une pointe d'ironie, devant sa candeur. Convaincre le Sanhédrin de quoi que ce soit lui semblait impossible. Que restait-il comme solution, sinon la création d'une secte ? À moins, bien sûr, de ne rien faire...

Mais il était confiant qu'avec le temps, il pourrait amener Jésus à une position plus audacieuse.

Pour sa part, Jésus prenait plaisir à converser avec un homme d'une pensée si vigoureuse. Judas était moins attaché que lui à maintenir l'unité du judaïsme, il en était conscient. Mais l'opportunité d'une alliance avec quelqu'un d'aussi efficace était précieuse. Et il se rassurait, pensant qu'en homme clairvoyant, Judas finirait par s'en remettre à ses vues : il fallait accomplir la Loi, pas l'abolir.

En définitive, chacun pensait pouvoir convaincre l'autre.

Alors qu'un soir ils terminaient leur repas devant la grotte de Judas, celui-ci reprit leur discussion arrêtée dix jours plus tôt :

— Qu'as-tu décidé ?

— Avec ton aide, je vais tenter de convaincre le Sanhédrin, répondit Jésus.

— Voilà une nouvelle qui me réjouit. Mais la partie sera difficile, tu t'en doutes. Pour avoir la moindre chance de réussite, tu auras besoin de deux atouts. D'abord, faire comprendre aux Grands-prêtres avec quels troubles il leur faudrait compter en cas de refus. À cet égard, ton entrée à Jérusalem devra se faire en majesté, entouré d'une foule d'adeptes. Ensuite, il faudra que ton arrivée soit précédée d'une réputation de faiseur de miracles. Elle leur fera entrevoir la possibilité qu'autour de ta personne se constitue une secte puissante. Tu ne veux pas créer de scission, je l'ai bien compris. Mais ce risque pourrait les faire plier.

Soudain, l'éventualité d'une scission terrifia Jésus. Il demanda quelques jours de réflexion, ce que Judas accepta, convaincu que très vite Jésus se montrerait plus combatif.

Mais le lendemain matin déjà, Jésus décida de ne pas tenter l'aventure du Sanhédrin. Aller à Jérusalem, c'était assouvir sa rage. Un acte de vanité, dit-il, cherchant à se convaincre.

— Tu es rongé d'hésitations, dit Judas en souriant.

— Je crois bien que chez moi, l'attachement l'emporte sur la rage, et chez toi, c'est le contraire. Je veux réformer, et tu veux révolutionner.

Il sourit :

— Nous aurons au moins créé une amitié.

C'était la première fois qu'il connaissait une telle émotion.

Judas, lui, était déçu. Jésus ne semblait pas du tout déterminé à faire rendre gorge aux rabbins. Sa douceur faisait de lui un être retenu, vivant dans le respect du père et la dévotion à la mère, prêt à accepter sa condition de *mamzer* si, pour s'en défaire, il fallait trahir le père.

Judas, lui, pensait autrement.

## *À la branche d'un pin*

Arrivant en vue de Nazareth alors que la nuit tombait, Jésus proposa à Judas de partager son repas. Alors qu'ils traversaient ensemble le bourg, plusieurs villageois, la mine sombre, détournèrent le regard à la vue de Jésus.

Il est arrivé malheur, se dit-il.

— Te voilà enfin, s'écria Marie à son arrivée, avant d'éclater en sanglots.

Il trouva Marie de Magdala à l'atelier, prostrée sur sa natte, le visage baigné de larmes.

En son absence, une fin d'après-midi, le petit Elie avait disparu. Plusieurs habitants étaient partis à sa recherche. Ce fut Marie de Magdala qui le détacha du pin parasol auquel il était pendu. Il s'agissait d'un crime, la branche étant trop haute pour que l'enfant puisse y accéder. Pour sûr, l'un des villageois – mais lequel, on ne le savait pas – ne voulait pas d'un impur dans sa communauté.

— Et sa mère ? demanda Jésus.

— Elle s'est jetée à la mer, balbutia Marie de Magdala. On les a enterrés il y a huit jours.

*

À la première heure du lendemain, Jésus et Judas se rendirent au cimetière, récitèrent le kaddish devant les tombes d'Elie et de sa mère, et Jésus fit le serment de ne s'épargner aucune peine pour ramener le Sanhédrin à une lecture de la Loi conforme à son esprit.

Les pensées qui traversaient Judas étaient d'une autre nature. La mort du petit Elie avait modifié la donne. Jésus avait changé d'avis, sans doute pour de bon. Au moins pour le voyage à Jérusalem. Ce serait une première étape... Après, tout serait possible.

Ils allèrent s'asseoir à l'ombre d'un pin parasol, et Judas précisa comment devait s'organiser leur voyage à Jérusalem :

— Il est essentiel que partout où nous nous rendrons, tu apparaisses en majesté. Seul parmi nous, tu feras le chemin sur ton âne.

Abraham était déjà vieux et bien fatigué, et Jésus se promit de ne le monter qu'aux arrivées des villes et des villages.

## *Notre Père*

Judas avait suggéré à Jésus de s'adresser à la foule du haut du Mont Thabor. Le lieu était une sorte d'autel surgi de terre, et le coteau qui descendait en pente douce vers la basse Galilée pouvait accommoder des milliers d'adeptes. Jésus pourrait y faire son sermon en majesté.

Les onze apôtres l'attendaient au bas de la montagne. Chacun d'eux était un exclu, qui un aveugle que Thomas le *mamzer* guidait en lui tenant la main, qui un mal-entendant à qui Simon-Pierre le lépreux répétait à voix forte l'essentiel de leurs échanges, qui un lépreux dont un pied avait été mangé par la maladie et qui s'appuyait sur Philippe, *mamzer* lui aussi.

— Nous te suivons pour la grande aventure, dit Simon-Pierre, le lépreux.

— Pour elle et pour toutes les autres, ajouta Matthieu, l'estropié.

Jésus les embrassa tous, et d'abord Simon-Pierre le lépreux :

— Voici Judas. Plusieurs d'entre vous l'ont vu à nos assemblées. Il vient de Kariyot, vous savez ce que cela dit de lui. Il sera des nôtres, si vous le voulez bien.

— Tu rejoins nos rangs, alors ? demanda Thomas le *mamzer*.

— De tout mon cœur et de toutes mes forces, répondit Judas.

Conscient que sa laideur et ses manières brusques suscitaient souvent le rejet, et que sa façon de poser son regard dur sur autrui créait la méfiance, il avait craint un accueil inamical. Il n'en fut rien. Chacun le salua d'un geste chaleureux. Pourtant, après qu'ils l'eurent reçu avec cordialité, les onze s'éloignèrent. Judas les vit échanger quelques mots en aparté, et il lui sembla bien que leurs mines exprimaient le malaise.

Préoccupé par la tâche qui l'attendait, Jésus ne prit pas conscience du trouble qu'avait créé chez ses apôtres la venue de Judas. Traversant les rangs des malheureux réunis par ses émissaires, il se dirigeait vers le sommet de la montagne lorsque l'un d'eux l'interpella :

— Nous diras-tu à nouveau que nous devons être reconnaissants au Seigneur d'être des miséreux ?

Piqué au vif, Jésus s'arrêta et foudroya l'homme du regard, avant de reprendre son chemin sans dire un mot. Au sommet du mont, il se tourna vers la foule d'un geste brusque :

— Vous tous ! Je vous propose une bataille ! Remportons-la, et aucun d'entre vous, désormais, je dis bien, aucun, qu'il soit lépreux, sourd ou estropié, qu'elle soit *sota* ou prostituée, ne sera plus considéré comme impur. Vous pourrez pénétrer dans les synagogues la tête haute, interpeller les Grands-prêtres et être traités avec respect par les scribes.

Les pèlerins restaient dans l'attente. Qu'allait leur proposer cet homme qui deux mois plus tôt avait tenté de leur vendre du vent ?

— Quelle est cette bataille ? lança une voix de femme.

— Nous l'appellerons la bataille d'Elie. Il y a un mois, dans la ville de Capharnaüm, un petit garçon est mort. L'un des villageois l'a pendu. Pourquoi ? Parce qu'il était *mamzer*, comme plusieurs d'entre vous. Comme moi. Peut-on imaginer que cet enfant, innocent comme l'agneau, allait souiller la ville ?

— Non ! crièrent plusieurs voix. Non !

— N'y a-t-il pas là de quoi se révolter ?

— Oui ! cria la foule, de façon plus ample. Oui !

— N'y a-t-il pas de quoi partir en guerre ? Parler à nos Grands-prêtres ? Exiger d'eux des Lois plus justes ? Plus humaines ?

— Oui ! hurla la foule. Oui !

— Joignez-vous à moi ! Allons dans les villes et les villages qui entourent la mer de Génésareth, à Tibériade, à Magdala, à Capharnaüm, passons par

Bethsaïde, Hippos, Gardara, Peller... Partout, parlons à nos frères miséreux. Annonçons-leur notre marche à Jérusalem. Demandons-leur de nous accueillir, de nous écouter, et surtout de nous suivre. Allons, ensemble, montrer aux Grands-prêtres combien nous sommes nombreux ! Combien nous sommes puissants ! Combien nous sommes déterminés à obtenir justice !

— Oui ! hurla la foule, de plus en plus fort. Allons à Jérusalem !

Ils étaient mille, au moins, à être venus. Tous n'arriveraient pas au terme du voyage, mais il y aurait ceux des autres villes. Dans chacune, lui avait dit Judas, ses adeptes le précéderaient, feraient courir des bruits, annonceraient des miracles qu'ils sauraient rendre crédibles. Ce serait ensuite à Jésus d'y accomplir des guérisons, de faire monter la colère, de galvaniser les assemblées et de convaincre chacun de se joindre à leur marche, afin qu'à Jérusalem, ils soient des milliers, déterminés à obtenir justice.

— Et si nous perdons cette bataille ? lança une voix.

— Tu as raison d'y penser, répondit Jésus. Cette possibilité me hante. Il se pourrait que nous perdions cette première bataille. Et la suivante ! Et la suivante encore ! Mais nous finirons par gagner ! Parce que ce que nous demandons est équitable ! Nous voulons des Grands-prêtres qui ne laissent aucun miséreux au bord de la route. Mais prenez garde : tout au long de nos batailles, notre fidélité à la religion de nos pères doit être absolue. Promettons-le à notre Seigneur, ici et maintenant.

Il observa un moment de silence :

— *Notre Père…*

La foule répéta après lui.

— *Que la sainteté de ton nom soit respectée.*

La foule reprit ses mots, et tous ceux qu'il prononça ensuite :

— *Que ton règne vienne.*

*Que ta volonté soit faite.*

*Pardonne-nous nos offenses*

*Comme nous aussi nous pardonnons à ceux qui nous ont offensés.*

*Ne nous expose pas à la tentation, mais délivre-nous du mal.*

*Car c'est à toi qu'appartiennent, dans tous les siècles, la puissance et la gloire.*

*Amen.*

Lorsque la foule eut répété son « Amen », il lança :

— Nous partirons de bon matin.

## *Dernière étreinte*

Ils terminaient le repas du soir dans la tristesse.

— N'oublie pas que nous tremblons pour toi, dit Marie. À chaque instant, nous sommes dévorées d'angoisse.

— Nous t'attendrons, dit Marie de Magdala.

Jésus baissa les yeux. Qu'aurait pensé son père ?

Les yeux sur le visage de son fils, Marie devina ses pensées et posa la main sur la sienne :

— Il serait fier de toi.

Jésus n'en était pas convaincu. Il s'était engagé à respecter la Loi, pour ensuite se renier, puis, au terme des quarante jours passés dans la grotte, il avait changé d'avis et décidé de ne rien tenter. En définitive, il s'était montré incapable de savoir ce qu'il souhaitait. Seule la mort d'Elie avait balayé ses hésitations. Son devoir était de plaider sa cause devant le Sanhédrin. Quoi qu'il lui en coûte.

Il laissa passer un silence, puis se leva, embrassa sa mère et se dirigea vers son atelier, suivi de Marie de Magdala.

Peut-être était-ce la dernière fois qu'il tiendrait dans ses bras ce corps fait pour la caresse.

## *Sur l'eau*

Jamais la foule n'avait été aussi nombreuse qu'en cette fin de journée à Tibériade. Massée le long de la grève, elle s'étendait sur deux cents coudées au moins. Judas avait fait monter Jésus sur une barque pour qu'il puisse s'adresser aux pèlerins en position surélevée. Il s'était dit aussi que Jésus aurait à répéter son sermon à trois reprises, et le déplacer le long de la berge en barque lui avait semblé plus simple.

Un brouillard intense flottait sur l'eau, comme souvent durant le mois qui précédait les fêtes du Passage, et la foule n'apercevait de Jésus que le haut du corps. Alors que la barque glissait le long de la berge, une voix cria : « Il marche ! » Une autre reprit : « Oui, il marche sur l'eau ! Il peut tout ! Il est le fils de Dieu ! » « C'est un miracle ! » fit une troisième.

Le lendemain, Judas envoyait ses émissaires à Magdala décrire les guérisons et le miracle accomplis à Tibériade, et annoncer la venue de Jésus.

À Capharnaüm, au lendemain matin de leur arrivée, sa mère et Marie de Magdala firent cuire des miches de pain en grand nombre, qui seraient offertes à la foule lorsqu'elle se trouverait à court, « surtout pas avant », avait insisté Judas. La veille à Tibériade, les pèlerins s'étaient retrouvés sans pain. En les prévoyant en abondance pour le lendemain, Judas voulait glorifier, une fois encore, les pouvoirs de Jésus. Les miséreux y verraient un miracle que les acolytes de Judas annonceraient à Bethsaïde, en même temps que celui des flots de Tibériade, et ainsi de suite, miracle après miracle, guérison après guérison, ville après ville, jusqu'à Jérusalem.

Jésus était conscient des ruses de Judas. Elles le perturbaient. Mais les enjeux étaient immenses, et ils avaient passé accord : à lui l'organisation, à Jésus les sermons. Alors il laissait faire.

*Retour à Jérusalem*

## *Le souvenir*

Jésus n'en croyait pas ses yeux. Pendant qu'il parcourait les rues de Jérusalem à califourchon sur Abraham, les gens s'arrêtaient pour l'applaudir : « Tu es venu, enfin ! » criaient les uns. « Nous t'attendions ! » s'exclamaient d'autres. Certains allaient jusqu'à mettre des branches de palmier ou de laurier sous les pas de sa monture, poussant des cris de joie qui ajoutaient à l'enthousiasme. D'où me connaissent-ils ? se demandait Jésus. Des curieux, attirés par le brouhaha, se bousculaient pour voir de qui il s'agissait. L'homme sur l'ânon était-il quelqu'un d'important ? S'accrochant à cette idée, certains faisaient le chemin à son côté.

Malgré l'âge et la fatigue, Abraham se montrait brave dans cet immense désordre. Tout juste s'arrêtait-il de temps à autre au milieu d'une rue en pente, le temps de retrouver des forces, et Jésus le laissait faire, l'encourageant des mêmes mots tendres qu'il avait l'habitude de lui murmurer depuis qu'ils étaient tous deux enfants : « Qui est le plus beau, le plus doux, le plus tendre, le plus fort, le plus merveilleux de tous les ânes de Palestine ? » Selon l'inspiration du moment, il ajoutait d'autres qualités, accompagnant chaque mot doux d'une caresse.

Très vite, il repéra plusieurs disciples de Judas qui s'étaient mêlés à la foule. Une ruse, encore, se dit-il.

L'intensité de la ville l'empêcha de s'attarder sur ces considérations. Des Juifs venus de toute la Palestine pour la Fête de Pâque se croisaient dans des ruelles si étroites que chacun devait tantôt écarter un homme, tantôt repousser un animal. Des agneaux, amenés pour être sacrifiés au Temple, bêlaient tant qu'ils pouvaient, et à leur bruit se mêlaient les cris des marchands, des soldats et des annonceurs publics, créant un brouhaha grisant.

— Tu as amené un peuple entier avec toi, lui dit Judas qui marchait à ses côtés, la main posée sur l'encolure d'Abraham.

C'était vrai. Au fil de leur voyage, le nombre de miséreux qui l'accompagnaient n'avait cessé de croître. À leur arrivée à Béthanie, leur file faisait bien cinq cents coudées. Eux aussi contribuaient au tintamarre ambiant. Jamais ils ne s'étaient sentis si forts, si sûrs d'eux, si honorables. Jésus allait convaincre le Tribunal, rétablir la charité dans les Lois, donner à tous une dignité…

## *À quelques heures de la victoire*

Ils s'étaient installés pour la nuit au Mont des Oliviers, à l'heure où le soleil couchant éclairait les murs du Temple et projetait son ombre sur le parvis.

— Prions, dit Jésus, lorsqu'ils se retrouvèrent à treize en lisière du Mont, avec, sous leurs yeux, l'immense cour. Que le Seigneur nous aide et nous protège.

Ils récitèrent le *Shéma Israël*, puis prirent place en cercle sous la frondaison d'un olivier, autour d'une grande natte sur laquelle ils avaient déposé ce qu'il leur restait comme victuailles, à l'exception des poissons séchés, de l'huile d'olive, des dattes et du vin, qu'ils préservaient pour le repas du lendemain soir, lorsqu'ils fêteraient la Pâque. Ce repas-ci serait frugal, fait de pain d'orge, de sel, de lait de brebis durci et de quelques oignons.

La nuit tomba très vite et, le temps qu'ils s'installent, le ciel s'était étoilé.

— L'Éternel veille sur nous, dit Simon-Pierre.

— Rendons grâce au Père, dit Jésus, unissons-nous dans la prière du Mont Thabor.

Ils s'agenouillèrent, récitèrent le Notre Père et entamèrent leur repas, brisant le pain et le saupoudrant de sel.

Après qu'ils eurent englouti en silence ce qu'ils avaient déposé sur la natte, Matthieu interrogea Jésus :

— Que diras-tu demain à Caïphe, s'il refuse de t'entendre ?

— Caïphe te reçoit, intervint Simon-Pierre, tu plaides notre cause et il rejette ce que tu lui demandes. Rentrons-nous en Galilée, tête basse, en petits élèves grondés par leur maître ?

— Tu le rends attentif aux immenses foules qui te soutiennent, venues de toute la Palestine, dit Judas à Jésus. Tu lui dis qu'il y a là de quoi créer une secte.

— Non, s'écria Simon-Pierre, au grand jamais. Tu ne ferais que le braquer. Tu aggraverais ton cas et alourdirais la peine qu'il t'infligerait pour l'avoir outragé.

— De plus, renchérit Matthieu, tu ne veux pas faire scission. À quoi bon brandir une menace que l'on ne veut pas mettre à exécution ?

Jésus leva la main en signe d'apaisement et se tourna vers Judas :

— Que penses-tu de ce qui vient d'être dit ?

— Proférer une menace peut avoir des conséquences fâcheuses, c'est vrai. Mais il est des situations où il ne reste que cela comme dernier recours. Si, face à Caïphe, tu constates que tout semble perdu…

Il y eut des murmures de protestation. Simon-Pierre se leva d'un mouvement brusque et s'éloigna.

— Je le rejoins, dit Matthieu, je trouve la proposition de Judas insupportable.

Jésus pria Matthieu d'aller chercher Simon-Pierre et de revenir s'asseoir avec les autres, en fraternité. Lorsqu'ils furent à nouveau tous réunis, il leur parla :

— Si Caïphe n'entrevoit pas qu'un rejet de sa part pourrait avoir comme conséquence un coût, comme par exemple la création d'une secte, fût-elle petite, il ne cédera sur rien d'important. Judas a raison.

— C'est une bataille entre eux et nous, renchérit Judas, d'un côté les rabbins, qui font dire aux Lois ce qui les arrange, et de l'autre nous, qui les subissons. Chacun ses armes.

Aucun des onze ne dit rien.

— Bien sûr, il ne sera pas question de mettre la menace à exécution, reprit Jésus. Je m'y oppose et vous aussi.

À nouveau, ils restèrent silencieux, mais tous en voulaient à Judas, moins pour le conseil inconsidéré qu'il avait donné à Jésus que d'avoir été préféré à eux. Cette faiblesse leur mordait le foie.

## *La rage*

Tôt le lendemain, après une nuit d'un sommeil hanté par les enjeux, ils se rendirent au parvis du Temple, accompagnés des nombreux pèlerins qui les avaient suivis au jardin de Ghétsémani. En quelques minutes, l'immense esplanade fut couverte de lépreux, de boiteux ou d'estropiés, plus bruyants et joyeux encore que la veille. Ils se trouvaient enfin à un jour, à moins d'un jour, à quelques heures de leur revanche sur les Lois, les rabbins et les Grands-prêtres.

Au terme de leur voyage, ils étaient sales et hirsutes, leurs sandales déchirées et traînantes, les jambes couvertes de poussière. Beaucoup portaient aux bras et aux genoux les plaies des chutes subies en chemin. Leurs vêtements, pauvres déjà au départ, étaient en guenilles. Ils s'interpellaient, vociféraient, les lépreux brandissant leurs membres amputés comme des trophées. Les édentés s'approchaient des marchands et des docteurs de la Loi, bouche grande ouverte, hilares, exhibant leurs chicots d'aussi près qu'ils pouvaient, ravis des mouvements de répulsion qu'ils déclenchaient.

À son entrée sur le parvis, Jésus retrouva le Temple tel qu'il l'avait connu vingt et un ans plus tôt. Il revécut en un éclair la scène de son expulsion et revit ses parents chassés comme des malpropres, alors que des marchands d'oiseaux et des changeurs de monnaie s'enrichissaient sans vergogne, au vu et au su de docteurs arrogants.

« Voilà ce qu'est ce parvis », dit-il à ses disciples d'une voix forte. « Un lieu d'injustice, de dureté et d'arrogance. Une défaite de l'Esprit au profit de la vanité. »

Pris d'une rage subite, il se saisit d'une cage, l'ouvrit, libérant les oiseaux, puis d'une autre, et d'une autre encore, renversa plusieurs tables, empoigna un marchand par son manteau et le jeta à terre, puis un autre, et un troisième, sous les yeux effrayés des docteurs et les cris de joie des miséreux. Un quatrième réussit à s'enfuir.

Des huissiers accoururent de toutes parts mais des estropiés leur barrèrent le chemin, et cela permit à Jésus et à ses disciples de quitter le parvis sans être pris.

La vision de Jésus chassant les marchands fut pour Judas un instant d'immense bonheur. L'expulsion des marchands du Temple obligerait le Sanhédrin à refuser tout compromis. L'échec de la mission que s'était fixée Jésus était assuré. La création d'une secte s'annonçait inéluctable.

*

Après qu'ils eurent dressé la table pour le repas de Pâques, Jésus demanda à ses disciples de ne pas le déranger et se retira au fond du jardin.

Il savait que les huissiers du Temple finiraient par le trouver. Il serait arrêté et sa comparution devant le Sanhédrin ne serait pas celle d'un fidèle cherchant une autre interprétation de la Loi, mais celle d'un fauteur de troubles et d'un blasphémateur.

Il était trop tard pour reculer. Il n'avait plus d'autre choix que d'aller au bout de sa démarche. Quitte à beaucoup déplaire au Grand-prêtre.

## *Le baiser*

Après qu'ils eurent prié, chanté les psaumes, rompu le pain non levé et bu le vin, Jésus s'adressa à ses disciples :

— Je me suis emporté, sur le parvis, je l'admets, pris par la colère de voir un temple envahi par les marchands. Et les huissiers du Temple sont certainement à ma recherche. Qu'obtiendrons-nous, lorsque je me présenterai devant le Tribunal ? Rien, sans doute, si ce n'est une condamnation, pour avoir voulu faire de la Loi une lecture moins tatillonne. Plus charitable.

Il s'arrêta, troublé :

— Une lecture plus juive de la Loi juive.

Il s'arrêta à nouveau, étonné par ce qu'il venait de dire :

— Alors, je vous le demande, si je devais ne plus vous revoir, qu'aucun d'entre vous ne me trahisse.

— Que serait te trahir ? demanda Judas.

— Se séparer de notre Loi. Que chacun ici s'engage à ne pas faire dissidence.

— Nous nous y engageons, répondirent ses disciples.

Jésus ne remarqua pas que la voix de Judas ne se mêlait pas à celles des onze autres.

Au même instant, deux hommes arrivèrent, qui portaient l'habit de lin blanc des Grands-prêtres.

— Nous permettez-vous de prendre place à vos côtés ? demanda le plus âgé des deux. Nous sommes vos amis. Au Sanhédrin où nous siégeons, vous n'en aurez pas d'autres.

Jésus les invita d'un geste :

— Qui es-tu ? demanda-t-il à celui qui venait de parler. D'où me connais-tu ?

— Je t'ai écouté à Bethsaïde, d'où je viens. Mon nom est Nicodème.

— Et toi ? demanda Jésus en se tournant vers l'autre, un homme de son âge.

Celui-ci lui sourit :

— Avons-nous donc tant vieilli en seize années ?

Jésus reconnut Samuel, son camarade de jeu lorsqu'ils avaient cinq ans, celui qui l'avait aidé à enterrer son père. Il le fit lever et le serra dans ses bras. Puis il s'adressa à ses disciples :

— Je vous le dis, ne me trahissez jamais. Restez fidèles au dieu des Hébreux.

— Alors sois prudent, intervint Nicodème. Ne t'attaque pas à notre Loi. Ni même à son interprétation. Tu serais accueilli en blasphémateur et en diviseur. Les huissiers du Temple sont à ta recherche. Suis-les avec respect, s'ils te trouvent. Exprime-toi avec retenue devant les Grands-prêtres, s'ils t'appellent devant eux, et déclare que tu ne cherches pas à créer de scission.

Jésus regarda Nicodème longuement dans les yeux avant de réagir :

— Voudrais-tu que j'abandonne tout espoir avant d'avoir demandé justice ? Il faut retrouver l'Esprit de nos Lois, plutôt que s'accrocher au sens étroit et vinaigré des mots. Le Lévitique ne nous dit-il pas : Tu aimeras ton prochain comme toi-même ? Quel sens peut avoir un amour sans pardon ? Lapider une femme parce qu'elle a aimé ailleurs que chez elle, lui ôter la vie, est-ce une preuve d'amour ? Réserver à un enfant une vie d'exclusion, parce qu'il est né d'une femme célibataire, sans avoir rien demandé au Ciel, est-ce une Loi d'amour ? N'as-tu pas compris que l'Esprit doit être supérieur à la matière ? « L'esprit de Dieu planant sur la surface des eaux », dit la Torah, qui ajoute : « Après les ténèbres, la lumière. » C'est la lumière qu'il faut rechercher, si l'on veut être fidèle à l'Éternel !

Nicodème baissa les yeux, alors que Samuel regardait Jésus avec admiration. Judas était aux aguets.

Soudain, une douzaine d'huissiers armés de bâtons entourèrent Jésus, ses disciples et les deux Grands-prêtres.

— Nous avons ordre d'arrêter Jésus le Nazaréen et de le présenter devant le Sanhédrin demain à la première audience. Où est-il ?

— Devant vous, dit Jésus. Je vous attendais.

Il se leva. Ceux qui l'entouraient l'imitèrent. Deux huissiers l'entourèrent.

— Laissez-moi au moins saluer mes disciples. Qui sait quand je les reverrai.

— Non, nous avons ordre de t'amener sans tarder, dit l'un des huissiers.

— Laisse-le au moins en saluer un, dit l'autre.

Alors Jésus s'approcha de Judas, l'embrassa et les onze apôtres éprouvèrent une vive jalousie à son encontre. Pourquoi Jésus leur avait-il préféré ce nouveau venu à la mine louche, alors qu'eux-mêmes le suivaient depuis si longtemps ?

## *La règle*

Il était assis à même le sol, dans l'une des cellules situées sous la porte de Hulda, l'esprit en feu. Tantôt, il s'imaginait en train de répondre au Grand-prêtre Caïphe. À la seconde qui suivait, ses pensées le renvoyaient à sa mère. Il n'en avait pas pris soin comme il aurait dû. Comme il avait promis à son père qu'il le ferait. Puis il pensait à la croix à laquelle il risquait d'être cloué. Un fer transperce les avant-bras du crucifié et s'enfonce dans le bois pour bien attacher le corps à la croix, lui avait-on dit.

Il ferma les yeux. Sa présence devant le Sanhédrin se terminerait par une défaite cinglante. Ces gens ne voudraient rien entendre. Mais peut-être avaient-ils raison de défendre leur Loi bec et ongles. Leur devoir était d'assurer la survie du peuple. D'empêcher sa scission, quoi qu'il en coûte. S'était-il trompé, poussé par Judas ?

Après le Sanhédrin, ce serait le Golgotha... Et avant la croix, la flagellation, selon l'humeur du préfet.

Ses pensées retournèrent à Marie de Magdala, à la douceur de son ventre... à ses seins... à ses cuisses... au goût de ses lèvres...

Il eut honte de penser au plaisir. Il allait décevoir ses pèlerins. Des malheureux qui avaient placé tous leurs espoirs en lui.

Ses pensées retournèrent au Sanhédrin. Le refus de Caïphe serait cinglant. Rien n'allait changer, en définitive.

Sa vie aurait été une suite d'échecs.

La porte de son cachot s'ouvrit sur Samuel, suivi d'un huissier qui déposa une lampe à huile et disparut.

Samuel s'assit à son côté et l'avertit. Il n'aurait aucun soutien au Sanhédrin :

— Ta condamnation pour blasphème est assurée. Mais il est encore temps de faire amende, dit Samuel. Admets que tu t'es trompé. Tu t'épargneras de graves désagréments.

Jésus haussa les épaules. Juif il était, Juif il resterait, fidèle à l'héritage. Il n'était pas question qu'il se renie. Ce qu'il souhaitait était une lecture de la Loi conforme à ses racines. Pas son rejet.

— Ta seule chance de sauver ta peau se trouve dans une règle de notre tribunal. Tout vote unanime est considéré comme nul, une sagesse que nous ont léguée nos pères. L'homme aime contester l'avis de ses semblables. Si tout le monde partage la même opinion, c'est qu'il y a eu menace pour faire taire les dissidents. Nicodème te croit innocent, mais quoi qu'il ait dit hier soir, il votera ta condamnation, pour ne pas être montré du doigt. Ceux que tes arguments pourraient convaincre n'oseront pas défendre un homme qui conteste la Loi du Shabbat. Ne t'étonne pas que je fasse de même. Ce sera la seule manière d'arriver à un vote unanime et de te libérer.

Ayant dit ces mots, il se leva, serra Jésus dans ses bras et quitta la cellule.

## *Devant le Sanhédrin*

Le Grand-prêtre du Sanhédrin pénétra dans la salle du Tribunal d'un pas lent et prit place sur un trône sculpté, en position surélevée face aux soixante-dix lévites et docteurs de la Loi qui l'attendaient, assis en amphithéâtre. Debout au centre de l'immense pièce se tenait Jésus.

— Présente-toi, ordonna Caïphe.

— Je suis Jésus, fils de Marie et de Joseph. Je viens de Nazareth.

— Ainsi crois-tu. Marie est bien ta mère. Pour ce qui est de ton père… Tu es un *mamzer*, n'est-il pas vrai ?

Il y eut quelques murmures.

— Tu es bien informé, répondit Jésus.

— Pourquoi te réfères-tu à Joseph comme s'il était ton père, alors qu'il ne l'est pas ?

— Joseph m'a aimé, élevé, protégé et instruit de ce qu'il savait de son métier. Il m'a confié à plus savant que lui pour ma compréhension des Textes.

C'était un homme que chaque enfant sur Terre pourrait rêver d'avoir comme père. Si je te comprends, Caïphe, tu ne lui reconnais pas cette qualité, parce que je suis *mamzer*. C'est pour lutter contre cette injustice que je suis devant vous.

— N'inverse pas les rôles, *mamzer* ! Que cherches-tu ?

Jésus le regarda posément. Ce qu'il cherchait, c'était l'Esprit. La charité. Le pardon. Toutes choses dont la Loi juive regorgeait, mais qui étaient absentes de la vie des communautés, accrochées à une lecture apeurée de la Loi.

Il s'arrêta quelques instants :

— Sans doute ne veulent-elles pas se montrer trop généreuses. Trop charitables. Trop humaines. De peur de s'éloigner de l'esprit de la Torah, alors que justement...

Caïphe l'interrompit d'un geste :

— On murmure qu'il n'y a pas que l'Esprit que tu cherches, mais aussi l'Eau. Est-ce vrai ?

Il avait procédé à des baptêmes du temps de Jean le Baptiseur, c'est vrai. Mais cela faisait plus de deux ans qu'il n'en avait plus donné. Le baptême ne se donnait qu'une fois, alors que la Loi juive prévoyait la répétition d'actes de repentir, et il était juste qu'il en soit ainsi, vu que les hommes répétaient leurs péchés, eux aussi.

— C'est donc que tu acceptes nos Lois.

— De tout cœur. C'est l'interprétation qu'on en fait que je n'accepte pas toujours.

— Et le pacte d'Abraham ? Quel est son sens, si ce n'est pour que nous marquions notre Alliance à Dieu, pour que nous restions un peuple fort et uni ? As-tu oublié cet héritage ?

Ces mots le plongèrent dans la tristesse. Il pensa à son âne. Quel merveilleux animal était Abraham. Qui prendrait soin de lui, si lui-même devait finir dans une geôle ou sur la croix ? Le rapport qui les liait depuis tant d'années était si beau, si humain. Simple et sincère. D'une confiance absolue. Celui que chaque Juif devrait avoir à l'égard de sa Loi, sans menace ni crainte. Un rapport d'amour et de foi. Qui lui parlerait avec douceur et patience, en soutenant son regard ? Qui lui prodiguerait des caresses, comme il les aimait tant ?

— Me répondras-tu ? s'impatienta Caïphe.

Chaque Juif connaissait le pacte d'Abraham, incarné par une circoncision au huitième jour. L'ablation du prépuce, signe d'appartenance au peuple élu…

— Le pacte ne s'applique qu'aux hommes, répondit Jésus. Et les femmes ? Ne faudrait-il pas les marquer, elles aussi ? Les reconnaître comme partie prenante du peuple juif ? Et n'y aurait-il pas une autre façon de marquer notre appartenance, plutôt que par une mutilation violente, comme on marque l'animal d'un troupeau ? Ne sommes-nous pas liés à Dieu par l'Esprit ? N'est-ce pas là l'essentiel ? Ôter le prépuce d'un nourrisson et l'annoncer Juif pour toujours, n'est-ce pas, déjà, l'assurer qu'il fera toujours partie du peuple juif, quoi qu'il commette comme délit ? Qu'à cette appartenance n'est liée aucune obligation ?

Il y eut des murmures. Caïphe réprima un sourire :

— Te rends-tu compte, Jésus de Nazareth qui te dis fils de Marie et de Joseph, que tu viens d'insulter le lien le plus sacré qui lie notre peuple à l'Éternel ?

— Vouloir reconnaître que les femmes font partie du peuple juif, au même titre que les hommes, est-ce insulter Dieu ?

Caïphe secoua la tête, incrédule :

— On rapporte que tu enseignes une prière de ta création. Est-ce le cas ?

Oui. Il en avait imaginé une, adressée à un Dieu unique, que tout un chacun sur Terre pourrait réciter.

— Nous t'écoutons !

*Notre Père,*
*Que la sainteté de ton nom soit respectée,*
*Que ton règne vienne,*
*Que ta volonté soit faite,*
*Pardonne-nous comme nous aussi nous pardonnons*
*à ceux qui nous ont offensés.*
*Ne nous expose pas à la tentation, mais délivre-nous*
*du mal.*
*Car c'est à toi qu'appartiennent, dans tous les siècles,*
*la puissance et la gloire.*
*Amen.*

— Je n'ai pas entendu le mot Israël, dit Caïphe en souriant. À qui est donc destinée ta prière ? Aux Romains ?

Il y eut quelques rires.

— Qu'es-tu venu nous demander ?

— La justice.

— Nos Lois sont fortes mais justes, Jésus de Nazareth, tonna soudain Caïphe. Elles nous ont permis de retrouver Jérusalem, six siècles après notre exil à Babylone. Elles nous ont permis de reconstruire le Temple de Salomon, six cents ans après sa destruction. Et demain, où que se trouve notre peuple, nos Lois lui donneront la force de retourner à ses racines, à Jérusalem, sur sa terre de Palestine.

Jésus réprima un sourire :

— Si ma mémoire ne me fait pas défaut, Grand-prêtre, c'est à Cyrus, roi de Perses, que nous devons notre retour à Babylone. Et à lui, encore, la reconstruction du Temple…

Caïphe quitta sa chaise :

— Tu me fais la leçon !

— Grand-prêtre, je suis venu ici pour demander justice. Trouves-tu équitable que je ne puisse pas prendre épouse, parce que je suis *mamzer* ? Que je sois exclu des synagogues, parce que je suis *mamzer* ? Que je sois toujours un demi-Juif, parce que je suis *mamzer* ?

Il haussa le ton :

— Crois-tu juste de lapider une femme parce qu'elle a aimé en dehors de sa maison ? Crois-tu juste que mes descendants, si j'en avais, soient ostracisés sur dix générations, parce que je suis *mamzer* ? Réponds, Caïphe !

— Tu veux accueillir les impurs, les malades, les prostituées, les *sota*, les sourds et les estropiés ? Quelle candeur ! Te rends-tu compte que cela ne pourrait qu'affaiblir notre peuple ? Comment, dans ces conditions, pourrait-il poursuivre la mission pour laquelle il a été choisi ?

— Nos Lois ont-elles fait de nous un peuple invincible ? Aurais-tu oublié, Grand-prêtre, que nous sommes sous le joug de César ? Occupe-toi de l'Esprit, et laisse-lui la charge qui lui revient.

Caïphe haussa les épaules :

— Ce que tu dis est digne d'un pauvre en esprit.

— Est-ce à ma mère que tu fais référence ? dit Jésus, emporté par la rage. Entends-tu que j'aurais hérité d'elle ? Ton allusion te déshonore, Caïphe ! Elle dévoile ton aveuglement. Considérer certains comme exclus, c'est diviser notre peuple ! C'est donner aux uns le sentiment de n'être rien et aux autres d'être quelque chose. C'est nourrir leur vanité en même temps que nourrir la rage des exclus. C'est affaiblir les enfants d'Abraham, dont tu te revendiques. En es-tu conscient ?

— Est-ce sur tes miséreux que je dois compter, pour faire fuir les légions romaines ? Ne vois-tu pas qu'ils sont la lèpre de notre peuple ? Crois-tu que c'est avec eux que nous pourrons remplir notre mission ?

Jésus secoua lentement la tête :

— De quelle mission parles-tu, Caïphe ?

— Être l'exemple aux Nations du monde, comme le rappelle notre prophète Isaïe ! À nous la charge de sanctifier le nom de Dieu ! À nous d'être lumière des Nations ! Nous seuls, que Dieu a distingués entre toutes les Nations de la Terre, comme l'a écrit notre prophète Amos. N'as-tu pas lu leurs textes ?

Jésus réprima un sourire :

— Comment veux-tu être lumière du monde en excluant les tiens ? Et que penseront les Nations en nous voyant agir de la sorte ? Es-tu à ce point sourd et aveugle pour ne pas t'attendre à ce qu'elles nous méprisent de tant d'orgueil ?

— Tu n'es qu'un impudent, Jésus de Nazareth !

— Et de toutes ces Nations, reprit Jésus, emporté, n'avons-nous rien à apprendre en retour ?

Maintenant, il criait :

— Comment une telle posture ne nous conduira-t-elle pas, tôt ou tard, à plonger dans la vanité ? Quelle image donnerons-nous de nous-mêmes ? Ta lecture de nos Lois est maigre et triste, Grand-prêtre. Toi et les tiens devriez quitter vos livres de prières, aller dans les villes et les campagnes, voir qui sont nos miséreux qui peuplent la Palestine dont ils sont le sel, eux que tu accuses de souiller le parvis quand les marchands que tu invites aux portes du Temple en sont la honte. Crois-moi, je ne regrette pas de les avoir chassés.

— Tu es décidément trop impudent, dit Caïphe. Il est temps de conclure.

— Attends ! s'écria Jésus. Réponds à cette question, avant de me condamner. La cigogne porte un nom[1] qui ne prête pas à confusion. Et pourtant, j'ai à l'égard de cet oiseau des sentiments mélangés, tout élégant qu'il soit. La grande affection qu'il démontre à l'égard de ses petits me touche infiniment. Et pourtant je n'arrive pas à l'aimer. Devines-tu pourquoi ?

Le Grand-prêtre le regarda sans répondre, troublé par l'incongruité de la question.

— Je te vois bien emprunté... Eh bien je vais te le dire. Écoute bien ceci, Caïphe. La cigogne ne réserve son amour qu'aux siens. Je la trouve blessante, avec cette façon qu'elle a de nous dire : j'ai de l'affection en abondance pour les miens, ne m'en demandez pas plus.

Caïphe haussa les épaules :

— Cet animal n'est-il pas sacré, comme toute œuvre de Dieu ? Que nous dit le Lévitique ? La Torah a été donnée à notre peuple pour qu'il soit à même de distinguer le profane du sacré, de séparer le pur de l'impur.

Jésus parcourut l'assemblée du regard :

— Notre peuple ? Notre peuple ? Qui sommes-nous ? Un peuple sans malades ? Sans estropiés ? Sans enfants illégitimes ? Sans prostituées ? Sans *sota* ?

Il laissa passer un silence, posa avec insistance son regard sur les yeux de Caïphe et reprit :

1. En hébreu, la cigogne se dit *hassidah*, qui signifie la pieuse.

— Dis-le : dehors, les sourds ! Dehors, les malades ! Dehors, ceux qui parlent aux païens ! Nous vous chassons pour sanctifier le nom de Dieu, comme nous enjoint de le faire Isaïe, pour être la « lumière des Nations », car « il nous faut être un peuple pur puisque c'est nous seuls que l'Éternel a distingués entre toutes les familles de la Terre », comme le prétend Amos le prophète. Ose le dire !

Pris de court, l'autre resta muet.

— Sais-tu où cela risque de nous mener un jour ? reprit Jésus. À réussir. À être ce peuple parfait, sans sourds ni estropiés, sans *sota* ni *mamzer*. Et sais-tu ce qu'il se passera alors ? Nous serons jalousés.

— Pourquoi nous et pas les autres Nations ? rétorqua Caïphe.

— L'histoire dit que l'Éternel a proposé la Torah à toutes les Nations et que nous sommes les seuls à avoir accepté la charge. Qui te dit que nous serons à la hauteur de notre mission ?

— Nous le serons, puisque telle a été la volonté divine.

— Réfléchis, Caïphe ! Si nous sommes faibles, nous passerons pour arrogants et paierons le prix de nous être déclarés modèle aux yeux des autres.

— Et si nous sommes forts ?

— Alors, reprit Jésus, il nous faudra veiller à ne jamais nous sentir supérieurs, au risque... (il laissa passer un silence) non pas d'être perçus comme arrogants... mais de l'être vraiment. Et là, je te le dis, les sourds et les boiteux, les estropiés et les prostituées nous rappelleront notre condition humaine. Ce sera grâce à eux que nous éviterons de nous perdre. Ne l'oublie pas, Grand-rabbin : Dieu fait lever le soleil sur les forts comme sur les faibles, sur les méchants comme sur les bons.

— Tu veux dire que ce sont les impurs qui nous sauveront ?

Caïphe se mit à rire :

— Ceux qui comme toi ne se lavent pas et ne respectent pas les Lois de la *Kashrout* ? Les femmes qui commettent l'adultère ? Tu n'es qu'un imbécile !

Jésus secoua la tête :

— Rien d'extérieur à l'homme ne peut le rendre impur. Seuls ses mots et ses pensées, ce qui vient de l'intérieur de lui-même, pourront l'avilir. Pas ce qu'il mange ni ce qu'il boit. Pas même s'il fait ou non ses ablutions. Ce sont ses mots ou ses pensées, je te le dis. En excluant les impurs, tu invites les Nations à nous exclure à notre tour, si un jour l'occasion devait se présenter à elles. Là serait la fin de notre peuple.

L'autre resta sans voix.

— Mais sans doute n'y as-tu pas pensé, lança Jésus.

Caïphe le regarda, désorienté.

— Une chose, encore ! As-tu remarqué combien étaient grandes les foules qui m'ont accompagné depuis la Galilée, la Judée, la Samarie ? As-tu pris la mesure de leur détermination ? Te rends-tu compte qu'en ne cédant sur rien, tu les pousses à se séparer des tiens ? À créer leur propre secte ?

— Voilà qu'en plus tu nous menaces ! lança Caïphe. Il n'y aura pas de châtiment assez dur pour t'apprendre à respecter le Sanhédrin.

Il parcourut les deux semi-amphithéâtres du regard :

— L'un d'entre vous souhaite-t-il interroger Jésus de Nazareth, fils de Marie et de Joseph, comme il le prétend ?

Il n'y eut aucune demande.

— Jésus de Nazareth est accusé de blasphème pour avoir nié la sainteté du Shabbat, reprit Caïphe. Il est accusé de sédition pour avoir chassé les marchands dans le but de troubler l'ordre public. Qui le déclare coupable ?

Il parcourut l'assemblée du regard. Toutes les mains étaient levées. Il ne restait à compter que son vote. S'il votait selon sa conscience, il y aurait unanimité, le vote du tribunal serait déclaré nul et Jésus libéré. Mais comment lui, président du Sanhédrin, pouvait-il voter que Jésus était innocent, alors qu'il avait conduit son interrogatoire à charge ?

Il chercha dans les travées le visage de Nicodème et l'apostropha :

— Grand-prêtre Nicodème ! Tu as suivi les enseignements de Jésus. Tu as tenté de justifier ses actes auprès de plusieurs d'entre nous. Tu es mieux informé que quiconque sur ses méfaits. Si tu votes sa culpabilité aujourd'hui, tu te renies, à tes yeux comme à ceux de nous tous, et tu amènes le Sanhédrin à un vote unanime qui libérerait Jésus de toute peine.

Nicodème baissa la tête.

— Je pourrais moi-même voter son innocence et ainsi assurer sa condamnation, poursuivit Caïphe. Mais ce serait déshonorer notre tribunal.

Ses mots furent suivis d'un long brouhaha. D'un geste, il demanda le silence :

— Grand-prêtre Nicodème, quel est ton vote ?

— L'homme est innocent, murmura Nicodème.

— Voilà qui est parfait, reprit Caïphe. Ainsi, par soixante-dix voix contre une, nous déclarons Jésus de Nazareth, fils de Marie et de Joseph, comme il le prétend, coupable de blasphème et de trouble à l'ordre public. La première charge nous concerne. La seconde relève de César. Que l'on conduise Jésus auprès du préfet romain. Ce sera à lui de décider d'une sentence. As-tu quelque chose à ajouter, Jésus de Nazareth ?

— Caïphe ! En enserrant ton peuple dans des Lois étroites, tu l'éloignes de l'Esprit saint et tu le coupes de ses racines. Tu n'es pas un vrai Juif. Je suis plus juif que toi, Grand-prêtre Caïphe.

## *Une couronne d'épines*

Caïphe prit place sur un banc de marbre situé au milieu de la cour et placé derrière une ligne blanche qui marquait la limite à ne pas franchir : pénétrer le tribunal de Pilate aurait été se souiller.

Les traits de son visage étaient marqués par la fatigue. Ce Jésus s'était montré irritant. Et même insultant. Habile, aussi. Heureusement, tous ceux qui venaient contester les Lois devant son tribunal ne lui ressemblaient pas.

À l'instant même, il le vit apparaître dans la cour, impassible, les mains nouées derrière le dos. Dix huissiers du Sanhédrin l'entouraient.

Il le suivit des yeux, le regard dur. Pour qui se prenaient-ils, ces prophètes de pacotille qui voulaient réformer la Loi ? Une Loi qui avait permis au peuple d'Israël de survivre ! Une Loi respectée même par les Romains... Une Loi de fer, qui permettrait aux Juifs de tenir bon, dans les siècles à venir. Une Loi-bouclier ! Et ce Jésus de Nazareth, fils de Marie et prétendu fils de Joseph, qui voulait la remplacer par une Loi molle, une Loi de vaincus, de pleurnichards. Voilà ce qu'il était, ce Jésus de Nazareth. Un geignard qui ne voyait pas plus loin que le bout de son nez. Heureusement, cette histoire ridicule finirait bientôt sur la croix.

À hauteur de la ligne blanche, deux archers romains prirent le relais des huissiers juifs et conduisirent Jésus jusqu'à une terrasse à ciel ouvert située à une quinzaine de pas, le lieu d'où Pilate échangeait avec le Grand-prêtre et prononçait ses jugements.

Couché sur un lit de repos, le préfet regarda Jésus arriver comme on observe un importun. On lui avait bien parlé d'un Galiléen qui remettait en cause la Loi des Juifs, mais de cela, il se lavait les mains. Que les Juifs se débrouillent entre eux. Ce qui l'intéressait, c'était l'ordre public. Il était là pour y veiller et il y veillerait sans faiblir, avec ce Jésus comme avec les autres. L'homme déplaçait des foules et risquait de causer des troubles, lui avait-on dit. Savait-il que l'année précédente à la même époque, lui, Ponce Pilate, préfet de Rome, avait réprimé une sédition de zélateurs aussi durement qu'il avait pu ? Des Galiléens, précisément ! Et que cette année, un millier de soldats étaient mobilisés ? Si l'arrivée de ce charlatan débouchait sur une insurrection, il l'étoufferait dans l'œuf.

— Qui es-tu ? lança Pilate, la voix paresseuse.

— Je m'appelle Jésus et je viens de Nazareth, répondit Jésus, d'une voix posée.

Pour qui se prenait-il, ce voyou ? Ne savait-il pas que devant Pilate, les gens tremblaient ? Il l'observa avec circonspection des pieds à la tête, puis quitta sa couche, s'approcha de la rambarde et lança à l'intention de Caïphe :

— Qui est cet énergumène ?

— Un blasphémateur et un fauteur de troubles. Son nom est Jésus de Nazareth, fils de Marie et de Joseph, du moins à ce qu'il prétend. C'est lui qui a chassé les marchands du Temple. Nous l'avons condamné de ces deux chefs d'accusation par soixante-dix voix sur soixante et onze.

Pilate sourit :

— Vous autres avez le goût de couper les cheveux en quatre...

Il se tourna vers Jésus et hocha lentement la tête :

— Tu viens donc de Nazareth... On dit que vous êtes de mauvais Juifs, en Galilée. Qu'en penses-tu ?

Jésus continua de le regarder dans les yeux.

Pilate se tourna à nouveau vers Caïphe :

— Dis-m'en plus sur cet homme. En quoi a-t-il commis le blasphème ?

— Ses adeptes le disent fils de Dieu. Ils sont nombreux.

Il se mit à rire et se tourna vers Jésus :

— Ainsi, tu serais le roi des Juifs ?

— C'est toi qui le dis, répondit Jésus.

— Et toi tu le penses mais crains de le dire ! De peur que je t'envoie au Golgotha avec les deux crapules qui attendent sous nos pieds.

Jésus resta silencieux.

— Jésus Bar Abbas[1]... lança Pilate en souriant. Ton silence est une arrogance, le sais-tu ?

Puis, se tournant vers ses soldats, il ordonna :

— Qu'on le crucifie avec les deux autres. Mais d'abord, qu'on le flagelle. Et fort ! Que chacun ici apprenne à respecter Rome.

Se tournant à nouveau vers Jésus :

— As-tu autre chose à dire ?

— Aujourd'hui, les Juifs se plient à tes actes. Demain ils regretteront leur soumission.

Pilate haussa les épaules et ordonna à ses gardes d'amener Jésus à la colonne de flagellation, placée en lisière de la grande cour.

L'échange n'avait pas duré deux minutes.

Jésus se laissa faire. Alors que deux archers le conduisaient à la colonne et qu'il se trouvait à courte distance de Caïphe, il lui lança :

— Tu crois servir ton peuple, alors que tu le mènes au malheur.

1. Jésus fils du Père.

Pour la première fois de sa vie, Caïphe se sentit ébranlé dans ses convictions. Se pourrait-il que lui et les siens, ses Grands-prêtres, ses docteurs de la Loi et ses lévites, aient galvaudé une occasion de relire les Textes ? Leur Loi était-elle vraiment plus humaine dans son esprit que dans sa lettre ? Plus ouverte ? Peut-être n'avait-il pas totalement tort, ce voyou de Nazaréen, lorsqu'il disait qu'elle était cruelle. Et souvent injuste. Cette histoire de culpabilité étendue à dix générations était absurde. Mais elle faisait peur ! Elle dissuadait ! Elle tenait le peuple juif en éveil ! Le préparait à résister ! Mais à quoi ? se demanda Caïphe. Se vouloir lumière des Nations, n'était-ce pas provoquer ? S'assurer qu'il y aurait toujours un combat qui l'attendait ? Se positionner, d'avance, en assiégé ?

Peut-être était-ce la Loi elle-même qui était incertaine, se dit Caïphe, tiraillée entre son souci de charité et l'impératif de maintenir son peuple en alerte, face au monde. Hier Babylone, aujourd'hui Rome, demain qui sait… Rien ne pouvait être aussi efficace que la peur.

De toute façon, il était trop tard.

Les archers attachèrent Jésus à la colonne, le dos exposé à la flagellation, et l'un d'eux se mit à le fouetter. Jésus recevait les coups sans broncher.

— Plus fort ! lança Pilate, debout sur sa terrasse.

L'archer alla chercher l'élan si loin derrière lui et si brusquement qu'il se déboîta l'épaule, tomba à terre et se mit à hurler.

— Détache-moi et je le guéris, dit Jésus à l'autre archer.

L'homme regarda Jésus, incrédule, puis se tourna vers Pilate :

— Il dit qu'il peut le guérir.

D'un mouvement de tête, Pilate lui donna autorisation de laisser faire.

Jésus s'approcha du blessé et l'aida à se relever. Rien ne lui était plus familier qu'une épaule démise :

— Tiens-toi tranquille face à moi. Je te soulage en un instant.

D'un geste, il remit l'épaule à sa place.

L'homme le regarda, incrédule, puis s'agenouilla. Jésus le releva :

— Ne reprends pas ton travail de suite. Dis à ton collègue de poursuivre ta tâche.

Pilate entra en rage. Qui était cet homme qui ne s'effondrait pas comme tous ses autres condamnés ?

— Qu'on lui mette une couronne d'épines ! Ça lui apprendra à se montrer arrogant.

## *Au Mont des Oliviers*

— Il va être mis sur la croix !

Simon-Pierre avait remonté le ravin en courant jusqu'au jardin de Gethsémani, où les apôtres attendaient son retour, assis en cercle sous la frondaison d'un olivier. À peine entendirent-ils ses pas qu'ils se levèrent et coururent vers lui.

Cherchant son souffle, il arrivait à peine à parler :

— Je ne l'ai pas vu dans la grande cour. Impossible d'y pénétrer. Mille soldats en interdisent l'entrée. Mais par trois fois, j'ai entendu : « Il sera sur la croix avant midi. »

Les apôtres se cachèrent le visage. Plusieurs éclatèrent en sanglots. Ainsi, le pire était arrivé. Jésus allait mourir.

On entendit Abraham braire comme jamais.

— Pilate l'a fait fouetter, ajouta Simon-Pierre.

— Allons au Golgotha, dit Matthieu.

Jacques fut le premier à se lever et, s'adressant à Judas, lui lança :

— Tout cela est de ta faute.

Judas le défia du regard.

— C'est vrai, reprirent plusieurs. Tu lui as mis des idées dans la tête !

— Des idées folles ! dit Matthieu.

— Tu as flatté sa vanité, dit un autre.

— Comme si la Loi juive pouvait être changée.

— Dorénavant, le Sanhédrin sera encore plus dur avec nous autres.

— C'est vrai, intervint Judas. Mais si vous souhaitez vivre dans la dignité, toi, Simon-Pierre le lépreux, toi, Matthieu l'estropié, toi et toi et vous tous n'aurez d'autre choix que de créer une secte qui accueillera avec charité hommes et femmes, purs et impurs.

— Jésus nous a fait promettre de ne pas le trahir, fit Matthieu, et voilà que tu nous pousses à le faire, alors que sans doute il n'est pas encore mort. Qui es-tu donc, fils de Satan ?

— Tu m'insulteras quand le moment sera venu. Partons, maintenant.

Il demanda à ses disciples de Kariyot de l'attendre sur place et prit avec les autres le chemin du Golgotha.

À voir partir en vitesse les apôtres, Abraham se mit à braire encore plus fort.

## *L'éblouissement*

La tête affaissée, le corps mal retenu par les clous plantés dans ses bras, Jésus regardait la foule, le regard éperdu de tendresse.

Le voici, le salut ! se dit Judas. Il ne faut pas qu'il meure ! Pas encore ! Pas pour toujours ! Il faut qu'il meure et qu'il ressuscite ! Mort et vivant à la fois, il saura parler à tous les hommes. Ce serait autre chose qu'une secte. Tout autre chose. Une religion !

Caïphe, son Sanhédrin et ses Grands-prêtres ne méritaient rien d'autre que de subir la scission. Ils s'étaient montrés cruels jusqu'au bout, qu'ils en payent le prix !

Bien sûr, Jésus ne voulait pas de division. Du moins le disait-il. Par fidélité au père. Par gratitude pour cet homme qui l'avant tant aimé et qui n'était pas son père.

Bien sûr, se dit Judas. Maintenant tout s'éclairait. Jésus avait défié Caïphe pour mourir sur la croix et lui laisser le champ libre, à lui, Judas, de faire ce que lui-même n'osait pas faire. Ce qu'au fond de lui-même il souhaitait. Son sacrifice ultime. Mourir sur la croix comme symbole d'amour absolu, qui lui permette d'organiser la grande scission.

Le voir crucifié, éblouissant, majestueux, lui ouvrait les yeux. Il jeta un coup d'œil aux onze apôtres. Leur faudrait-il un bouc émissaire pour expier la mort de Jésus ? Sans doute. Ainsi étaient faits les hommes. Aimants par beau temps, mauvais face à l'échec.

Peu importaient les vils mots qu'ils avaient eus à son égard. Il lui restait une tâche à accomplir. Il devait agir vite. Avant que les onze ne soient de retour au Mont des Oliviers.

## *Elie, Elie*

Ses épaules n'arrivaient plus à soutenir le poids de son corps. Cloué aux avant-bras, il s'affaissait, et cela ouvrait les déchirures de la flagellation qui frottaient au bois et lui causaient des douleurs si atroces qu'il finissait par ne plus les sentir.

Il ferma les yeux. Son père était devant lui, souriant de son sourire si doux. L'homme le plus aimant de la terre. Moi aussi je t'ai aimé infiniment, mon père, saint parmi les saints.

À son côté se trouvait sa mère qui lui souriait, elle aussi, comme pour l'encourager à tenir bon. Et Marie de Magdala, inquiète, comme toujours, Marie dont il avait tant embrassé les seins et le ventre et les cuisses et ses lèvres, si douces, des lèvres dont les baisers lui donnaient le vertige. Comme il aurait aimé qu'elle l'embrasse, à cet instant, qu'elle pose ses lèvres entre les siennes et lui redonne le goût de sa bouche.

« Simon de Cyrène », avait crié un Romain. Sans doute avait-il été incapable de porter sa croix, car cet homme d'ébène qui rentrait des champs, fourbu de sa journée, la chargea sur son dos. « Je porte ta croix », lui avait-il dit. Béni sois-tu, Simon de Cyrène, que ton règne arrive, toi, exclu parmi les exclus, qui as partagé mon fardeau. Sauras-tu jamais de combien de chagrins tu m'as consolé, pendant que je me traînais dans les ruelles qui menaient au Golgotha, sous les huées et les crachats ?

Il ouvrit les paupières. Où étaient-ils, ses disciples tant aimés ? Simon-Pierre le lépreux, Matthieu, Philippe, les autres... Là ! Ils étaient là, devant lui. Tous, sauf Judas. Où es-tu, Judas ? Tu es là, toi aussi... Enfin je te vois !

Il les abandonnait dans le malheur, eux et le petit Elie.

Il avait fait ce qu'il avait pu...

Elie, Elie, je ne t'ai pas abandonné ! J'ai essayé et j'ai échoué. Moi, Juif parmi les Juifs, et dont les Juifs n'ont pas voulu.

Tu es là, Samuel ! *Mamzer !* as-tu crié, quand nous jouions à caillou-touché. *Mamzer, Mamzer !* Comme je t'aime pour avoir eu ce mot, Samuel, il a illuminé ma vie...

Il revit sa mère au cimetière, immobile, les yeux baissés, ignorée des femmes du village.

Il pensa aux regards qu'il échangeait avec Abraham, quand il était enfant. Abraham ! Je t'ai oublié au jardin de Ghétsémani ! Qui va s'occuper de toi ?

Il se dit qu'il n'avait fait qu'oublier les autres.

Et il cessa de vivre.

## *Abraham*

Judas remonta le ravin du Cédron en courant, se faufilant entre les tombes, et arriva hors d'haleine au jardin de Géthsémani, où l'attendaient ses compagnons :

— Enfin te voilà !

— Dis-nous ce que nous devons faire.

— Ne nous oublie pas, nous sommes là pour toi !

Dès qu'il l'aperçut, Abraham se mit à braire aussi fort qu'il put.

Judas s'approcha de lui, le caressa et très vite l'âne se calma. Puis, le souffle court, il s'adressa à ses compagnons :

— Jésus est mort sur la croix. Mais l'heure n'est pas aux lamentations. Une tâche urgente attend chacun d'entre vous : préparer la naissance de la nouvelle religion.

— De quoi nous parles-tu, Judas ? Quelle religion ?

— Une religion nouvelle, fondée sur l'amour de Jésus et pour laquelle il n'y aura ni riches ni pauvres, ni purs ni impurs. Ni malades ni bien portants. Que des hommes et des femmes. Une religion dont le Père a un Fils qui meurt sur la croix, ressuscite et s'en retourne auprès de lui. Un Fils miséricordieux, à qui chacun pourra s'adresser sans trembler, sans craindre le bannissement, la lapidation ou l'exclusion...

Les disciples se regardèrent, interloqués.

Il pointa deux de ses disciples de l'index :

— Vous deux, allez à Capharnaüm et dans trois jours exactement, vous direz que vous avez vu Jésus ressuscité après être mort sur la croix et avoir été enterré.

À deux autres, il ordonna d'annoncer la nouvelle à Tibériade, à deux autres à Magdala, à deux encore à Bethsaïde, chaque fois dans trois jours.

— Vous deux, enfin, filez à Jaffa, mais attendez après-demain avant d'annoncer la nouvelle.

S'adressant aux deux derniers, il leur ordonna de quitter le jardin des Oliviers avec les autres et de se cacher dans Jérusalem, où ils annonceraient le lendemain déjà qu'ils avaient vu Jésus ressuscité et lui avaient parlé :

— Voici deux règles que vous suivrez comme si votre vie en dépendait. Que chacun donne de sa rencontre avec Jésus la description de son choix, et qu'il n'en démorde sous aucun prétexte. Il est indispensable que vos récits soient divergents. Il faut qu'il y ait mystère. C'est ma première règle. La seconde est que vous ne parlerez de cette mission à aucune personne vivante, plus jamais, ni entre vous, ni avec moi.

Les douze Kariyotes se regardèrent, éberlués.

— À quoi bon ces secrets mesquins ?

— La voie s'ouvre à une religion à laquelle le monde entier adhérera. Et quand ce jour adviendra, Kariyot sera détruite dans la joie. Partez, maintenant.

*

Il ne s'écoula pas une heure avant que les apôtres n'arrivent. À leurs mines, Judas prit peur.

— Il est mort par ta faute !

— Tu n'as pas même attendu qu'il rende son dernier souffle pour filer ! Toi qu'il avait choisi pour donner son dernier baiser.

— On ne peut être plus crapule.

— Croyez-moi, leur dit Judas, dans trois jours, tout le monde dira qu'il est ressuscité.

— Des fadaises ! Tu l'as poussé à défier le Sanhédrin.

— Sans toi, il serait vivant !

— À cause de toi, il s'est retrouvé dans les griffes de Caïphe !

— Dans trois jours ! insista Judas. Et il rejoindra le Père quarante jours après.

— Tiens pour toi, fit l'un des onze.

Il se saisit d'une pierre et la lança avec rage. Elle atteignit Judas au front.

— Et voilà pour toi encore !

Une deuxième pierre l'atteignit à la poitrine.

— Arrêtez, s'écria Judas. J'ai à vous parler.

Du sang perlait sur son front. Il l'essuya du revers de sa manche.

— Judas a raison, intervint Simon-Pierre. Serait-ce honorer la mémoire de Jésus que de tuer un homme le jour de sa crucifixion ?

Il y eut un long silence.

— Du repas d'hier soir qui s'est déroulé alors que nous avions tous le ventre noué, reprit Simon-Pierre, partageons les restes, dans la fraternité que Jésus aurait voulu voir régner entre nous.

*

Le repas, bref et frugal, se déroula dans le silence.

— Jésus est mort, dit enfin Simon-Pierre. Était-ce inéluctable ? Est-ce de cela que tu veux nous parler, Judas ?

— De cela et d'autres choses, répondit Judas. D'hier, d'aujourd'hui et de demain.

— Nous t'écoutons avec attention, dit une voix. Mais sois mesuré dans tes paroles et n'essaie pas de nous tromper, tu risquerais ta vie.

Il y eut des murmures d'approbation.

— Pourquoi sommes-nous ici ? reprit Judas. Parce qu'à ce jour, nous avons été traités en exclus et que nous voulons cesser de l'être. La requête de Jésus devant le Sanhédrin a été rejetée. Il est mort. Que souhaitons-nous pour demain ? Retourner en Galilée, en élèves obéissants ? Subir les humiliations encore et encore, comme si son sacrifice ne comptait pour rien ? Si tel est votre sentiment, alors, oui, séparons-nous ici, moi mort, si vous décidez de me lapider, ou vivant, peu importe, j'aurais fait mon possible.

— Que proposes-tu ? demande Matthieu.

— Rien d'autre que la réalisation du souhait impossible de Jésus, souhait secret à son propre cœur, créer une religion nouvelle, ouverte à tous, fondée sur la charité et le pardon, une religion pour laquelle il n'y aurait plus ni Juifs, ni Grecs, ni païens, ni hommes, ni femmes, ni esclaves, ni maîtres, une religion pour tous, unis en lui, un souhait qu'il s'interdisait à lui-même, retenu par sa fidélité à la mémoire de son père.

— Tu nous racontes des balivernes ! lança l'un des apôtres. Il nous a fait promettre de ne pas créer de scission, et voilà que tu mets dans sa bouche des mots jamais prononcés. Tu mérites de crever sous les pierres, Judas !

— Je ne vous parle pas de ce qu'il vous a dit. Je vous parle de ce qu'il souhaitait mais ne pouvait pas dire. C'est pour cela qu'il a défié Caïphe et Pilate, son geste ultime, qui nous permet, à nous, ses douze fidèles, de poursuivre son œuvre et de la parachever. Sans son sacrifice, nous ne pourrions pas fonder une religion nouvelle, mais autour de lui, martyr sur la croix, nous le pouvons.

Il s'arrêta, les yeux soudain brouillés :

— Vous comprenez cela, enfin ?

À nouveau, il s'interrompit, le temps de dominer son émotion :

— C'est pour cela qu'il a donné sa vie. Pour nous. Pour toi Matthieu, et toi Simon-Pierre, et toi Philippe, et toi et toi et vous tous. Et, j'ose le dire, pour moi aussi. Pour qu'émerge enfin la Parole que le monde attend.

Il y eut un long silence. Plusieurs des apôtres cachèrent leurs larmes. D'autres regardaient Judas, désemparés. Abraham, qu'ils avaient détaché, s'approcha de leur cercle et se coucha.

— Que proposes-tu ? demanda Simon-Pierre.

— Il nous faut une nouvelle Torah ! dit Judas. Un récit fort ! Lumineux ! Une histoire qui raconte au monde la vie merveilleuse de Jésus. Bien sûr, nous ne l'appellerons pas Torah[1], il nous faudra trouver un autre nom, plus doux, plus accueillant, par exemple *Bonne Nouvelle*. À nous de l'écrire ! À nous de raconter cette vie prodigieuse en la rendant plus prodigieuse encore. En reprenant mille épisodes et en les glorifiant, dans l'esprit de charité et de beauté qui a marqué la vie de Jésus. Bien sûr que Marie n'aura pas été souillée par un voyou de Romain. Ce sera de l'Esprit Saint qu'elle attendra Jésus. Sa conception sera

1. Le mot, en hébreu, signifie instruction.

immaculée. Marie restera vierge. Elle incarnera la pureté, la bonté et l'amour. Bien sûr que Jésus ne se chamaillera pas avec les docteurs de la Loi, lorsqu'il sera sur le parvis du Temple à l'âge de douze ans. Il les émerveillera, au contraire, par sa sagesse et son érudition, au point qu'ils déposeront leurs livres à ses pieds. Matthieu, et toi, Luc, et Jean et Marc, vous êtes nos lettrés. Luc, tu écriras cette rencontre. Et toi, Matthieu, tu raconteras le sermon sur la Montagne en remplaçant les moqueries par des mots de gratitude et d'espoir. Oui, l'espoir devra surgir de vos lignes et porter votre récit. Les quarante jours que Jésus et moi avons passés dans les grottes de Magdala deviendront quarante jours passés au désert, face au malin, durant lesquels Jésus marquera sa confiance en l'homme, en lui confiant sa part de libre arbitre. La confiance sera partout, comme l'espoir et la charité ! Les trente pains de Marie et Marie de Magdala deviendront les pains du miracle, et les poissons que tu auras pêchés dans la mer de Génésareth, Simon-Pierre, deviendront miracle, eux aussi. Et le trajet en barque devant les rives de Tibériade deviendra miracle.

Il s'arrêta, le temps que son émotion retombe, et chacun attendit sa parole en silence.

— Demain, reprit Judas, après-demain, dans trois jours, toute la Palestine saura que Jésus est ressuscité, qu'il est désormais partout. Certains diront l'avoir vu ici, d'autres là, tel jour, ou tel autre. Il faudra que chacun de vous quatre l'écrive, à sa façon, dans ses mots. Surtout, ne vous concertez pas ! Que le mystère demeure. Que la résurrection de Jésus offre l'espérance qu'à chaque instant, l'être recommence.

À nouveau, le silence s'installa.

— La tâche est immense, dit Matthieu.

— Qui remplacera Jésus ? demanda Philippe.

À cet instant, Abraham se remit sur ses pattes, s'approcha de Judas et posa le museau sur son épaule.

Les apôtres restèrent médusés devant le geste de l'animal.

Brisant le silence, une voix hésitante s'adressa à Judas :

— Alors, c'est toi ?

L'auteur exprime sa reconnaissance au professeur François Dermange, de la Faculté de théologie de l'université de Genève, ainsi qu'au professeur Daniel Marguerat, de la Faculté de théologie de l'université de Lausanne.

TABLE

DU MÊME AUTEUR *(suite)*

La Confrérie des moines volants, roman, Grasset, 2013 ; Points Seuil, 2014.

Juliette dans son bain, roman, Grasset, 2015 ; Points Seuil, 2016.

L'enfant qui mesurait le monde, roman (prix Méditerranée, Prix des lecteurs Points Seuil, Prix des Littératures européennes de Cognac), Grasset, 2016 ; Points Seuil, 2017.

Dictionnaire amoureux de la Suisse, Plon, 2017.

Mon père sur mes épaules, Grasset, 2017 ; Points Seuil, 2018.

Carnaval noir, roman, Grasset, 2018 ; Points Seuil, 2019.

Dictionnaire amoureux de l'esprit français, Plon-Grasset, 2019.

Rachel et les siens, roman, Grasset, 2020.

L'homme qui peignait les âmes, roman, Grasset, 2021 (prix de l'Université catholique de l'Ouest).

Le Onzième Commandement. Quand obéir, c'est trahir, Cerf, Coll. Placards & Libelles, 2021.

Dictionnaire amoureux d'Istanbul, Plon-Grasset, 2021.

Tu seras mon père, roman, Grasset, 2022 (prix Machiavel).

Cet ouvrage a été imprimé par
CPI Firmin-Didot au Mesnil-sur-l'Estrée
pour le compte des Éditions Grasset
en mars 2023

*Mise en pages*
*PCA 44400 Rezé*

PAPIER À BASE DE
FIBRES CERTIFIÉES

*Grasset* s'engage pour
l'environnement en réduisant
l'empreinte carbone de ses livres.
Celle de cet exemplaire est de :
**600 g éq. $CO_2$**
Rendez-vous sur
www.grasset-durable.fr

N° d'édition : 22762 – N° d'impression : 173353
Dépôt légal : avril 2023
*Imprimé en France*